MÉMOIRE

DES

PROFESSEURS-ADMINISTRATEURS

DU

MUSÉUM D'HISTOIRE NATURELLE,

EN RÉPONSE

AU

RAPPORT

FAIT EN 1858

PAR UNE COMMISSION CHARGÉE D'ÉTUDIER L'ORGANISATION
DE CET ÉTABLISSEMENT.

PARIS,
MALLET-BACHELIER, IMPRIMEUR-LIBRAIRE
DU BUREAU DES LONGITUDES, DE L'ÉCOLE IMPÉRIALE POLYTECHNIQUE.
Quai des Augustins, 55.

1863

TABLE DES MATIÈRES.

Pages.

AVANT-PROPOS 1

PREMIÈRE SECTION. — De la diversité des services compris dans l'institution du Muséum d'Histoire naturelle et conséquences de cette diversité quant au mode d'administration de cet établissement 3

De l'Administration du Muséum considérée dans le nombre et la diversité des services qu'il comprend 4
Administration du Muséum envisagée sous le rapport de la conservation des Collections 5
Accroissement des Collections 7
Formation de Collections nouvelles 9
Enseignement 11
Recherches propres à assurer le progrès des Sciences comprises dans l'institution du Muséum 12
Des logements des Professeurs au Muséum 14
Budget du Muséum 19
De la manière dont le budget du Muséum est établi. Réponse au reproche d'imputations irrégulières 24
De la réserve du budget du Muséum 25
Traitements conservés à des employés infirmes 27
D'un déficit évalué à 25,000 francs par le Rapporteur 27
Remarque relative à des déclarations faites au Rapporteur par des Aides-Naturalistes 28
Résumé et Conclusions générales 30

DEUXIÈME SECTION. — Réponses aux passages principaux du Rapport qui concernent les services spéciaux du Muséum 34

1° Anatomie comparée 34
2° Paléontologie 44
3° Minéralogie 46
4° Géologie 47
5° Zoologie 48
Mammifères et Oiseaux 48
Annélides, Mollusques et Zoophytes 60
Reptiles et Poissons 61
Entomologie 66
6° Ménagerie 69
7° Botanique 72

Pages.

8° Anthropologie 77

9° Jardin 80

10° Bibliothèque 89

APPENDICE. — OBSERVATIONS RELATIVES AUX SERVICES SPÉCIAUX ET A L'ACCROISSEMENT DES COLLECTIONS 91

N° 1. Note sur l'accroissement des Collections zoologiques du Muséum depuis la fin du siècle dernier jusqu'en 1858, et sur les Catalogues des objets composant ces Collections 91

N° 2. Note sur l'accroissement de la Collection d'Anthropologie 105

N° 3. Note sur l'accroissement de la Collection minéralogique 107

N° 4. Note sur l'accroissement des Collections botaniques du Muséum 108

N° 5. Note sommaire des services rendus par le Jardin 115

TROISIÈME SECTION. — DOCUMENTS RELATIFS À L'ADMINISTRATION GÉNÉRALE DU MUSÉUM 119

A. Extraits des procès-verbaux démontrant que les projets de budget du Muséum sont discutés par l'Assemblée 119

B. Budget de 1835, comme exemple de la manière dont les budgets du Muséum sont dressés 120

C. D. E. Pièces qui prouvent que les projets de répartition des crédits sont soumis à l'approbation du Ministre 122

F. G. Documents qui prouvent que c'est conformément aux ordres du Ministre que le salaire de divers employés a été reporté du personnel sur le matériel 127

H. I. Circulaires de convocation relatives à la discussion du budget 132

K, K', L, M, N, O, P, Q, R. Documents constatant que les projets de budget sont mûrement discutés et parfois modifiés par l'Assemblée 133

S, T, V. Documents montrant les véritables causes du déficit de l'année 1858, et tout ce que l'Administration du Muséum a fait pour le prévenir 142

AVANT-PROPOS.

1. L'impression du Rapport sur le Muséum d'Histoire naturelle et la grande publicité donnée à cet écrit nous imposent l'obligation d'y répondre, afin de prévenir les conséquences qu'on en tirerait contre l'Administration de cet établissement, si nous ne réfutions pas de nombreuses allégations que, sans preuves, on avance comme autant de vérités. Mais avant de réfuter des allégations que nous reproduirons textuellement, nous examinerons si *le mode d'Administration qui régit le Muséum depuis sa fondation n'a pas sa raison d'être dans la diversité même des services qu'elle comprend*, et si le mode actuel ne remplit pas mieux toutes les conditions auxquelles doit satisfaire une bonne Administration qu'un mode qui, sous prétexte de satisfaire à la responsabilité, investirait un Directeur unique et permanent du pouvoir administratif.

2. L'attaque est facile, lorsque, les yeux fermés sur l'ensemble des parties d'un système complexe, on n'en voit qu'une seule, et que, conformément à la supposition absolument inexacte qu'il n'existe que cette seule partie à prendre en considération, on avance à l'appui de son raisonnement des faits erronés ou légèrement vus qu'on donne pour des vérités à l'appui de l'opinion dont on s'est fait le champion.

3. Quelle a été la pensée du Rapporteur du Mémoire? C'est l'existence nettement tranchée de deux choses dans le Muséum : une *chose administrative*. et une *chose scientifique* qui ne peut être réglée qu'à la condition d'être subordonnée à la première, et cette subordination n'est possible qu'avec un chef unique et permanent. Sous l'influence de cette pensée, le Rapporteur s'est dit : Si je prouve que tout est déplorable dans la partie matérielle du Muséum, que l'État n'a aucune garantie pour les richesses qu'il renferme, et que ses Collections sont absolument négligées, j'aurai assuré le triomphe de mon opinion, et le mode actuel d'Administration devra être changé.

4. Que pense l'Administration du Muséum?

L'institution de cet établissement *est avant tout scientifique ;*

Elle doit conserver des Collections;

Elle doit les accroître;

Elle doit en fonder de nouvelles, si elle le peut;

Elle doit au public l'enseignement des connaissances concernant les objets de son ressort;

Elle doit enfin favoriser le développement des connaissances auxquelles elle est particulièrement consacrée, en donnant par ses Membres l'exemple du progrès scientifique.

Voilà le but.

Pour qu'il soit atteint, *il faut un mode d'Administration* SUBORDONNÉ A LA SCIENCE, *objet essentiel de l'institution du Muséum.*

5. Conséquemment à ces idées, l'Administration va examiner si les conditions de l'institution du Muséum sont mieux remplies avec le mode actuel qui la régit, qu'elle ne le serait avec un chef unique et permanent. Elle ne raisonnera point en partant d'un *principe* posé d'avance; mais elle dira d'abord les conditions qu'une bonne Administration doit remplir; et, en examinant ensuite chacune d'elles, elle donnera les raisons qu'elle a de préférer le mode actuel à tout autre.

Elle arrive donc ainsi à une conclusion contraire à celle du Rapporteur, à savoir que *la partie administrative du Muséum doit être subordonnée à la partie scientifique sous la surveillance directe du Ministre, et que toutes les propositions qu'elle lui soumet doivent être conformes à la loi et aux règlements donnés ou approuvés par lui.* Elle montrera ensuite que le mode actuel est compatible avec toutes les mesures propres à assurer au Muséum la meilleure direction possible dans tous les services dont son Administration se compose (**83-84**).

6. Si les Professeurs-Administrateurs s'en tenaient à l'exposé des considérations que nous venons de faire, ils commettraient une grande faute; car ils resteraient exposés à tous les arguments dont on s'est servi dans l'intention de détruire à toujours le mode actuel de l'Administration du Muséum, en le montrant comme la source des abus les plus criants. En répondant à chacune des allégations du Rapport, en en montrant toute l'inexactitude, nous la distinguerons soigneusement des choses qui, en dehors de notre pouvoir administratif, doivent disparaître, mais dont l'existence regrettable est la conséquence de l'insuffisance du personnel, des locaux et du budget du Muséum.

7. Le Mémoire que nous présentons à l'appui de la défense de l'Administration du Muséum est divisé en trois sections :

1re *Section.*

Elle traite de la diversité des services compris dans l'institution du Muséum d'Histoire naturelle; et cette diversité a pour conséquence le mode actuel d'Administration de cet établissement.

2e *Section.*

Elle renferme les réponses aux passages principaux du Rapport sur le Muséum, qui concernent des services spéciaux. Elles sont signées des Professeurs auteurs de ces réponses.

3e *Section.*

C'est un recueil de documents à l'appui de réponses faites par les Professeurs dans les Sections précédentes; ils comprennent des détails jugés propres, nous l'espérons du moins, à modifier l'opinion des esprits les plus prévenus contre l'Administration actuelle du Muséum.

PREMIÈRE SECTION.

DE LA DIVERSITÉ DES SERVICES COMPRIS DANS L'INSTITUTION DU MUSÉUM D'HISTOIRE NATURELLE ET CONSÉQUENCES DE CETTE DIVERSITÉ QUANT AU MODE D'ADMINISTRATION DE CET ÉTABLISSEMENT.

8. Est-il étonnant que les Professeurs tiennent tant au système d'Administration qui régit le Muséum? Non, certainement, si l'on veut bien considérer la profonde conviction où ils sont de la supériorité du mode actuel sur tout autre, et que plusieurs d'entre eux, forts de cette opinion, à des époques différentes et sous des Gouvernements divers, ont refusé d'accepter du Pouvoir une position qui les aurait élevés au-dessus de leurs collègues d'une manière permanente sous le nom d'*Administrateur* ou d'*Intendant*. Quand Fourcroy, Lacépède et Cuvier devaient à des causes politiques le rang qu'ils ont occupé dans l'Administration, ce n'est certes point une chose indifférente à la question actuelle de les voir préférer le maintien de l'égalité scientifique à un intérêt qui l'aurait rompue à leur avantage personnel, et de voir encore un Professeur, qui ne fut que savant, l'illustre Antoine-Laurent de Jussieu sacrifier pareillement à la même opinion.

9. Notre écrit ne s'adressant point au Ministre, nous devons nous abstenir ici de traiter la question de savoir quel serait le meilleur mode d'Administration du Muséum; mais parce que le mode actuel a été vivement attaqué, et que notre opinion est celle de nos prédécesseurs, nous sommes en droit de dire au public pourquoi nous défendons cette Administration, qualifiée de *si déplorable* à la tribune du Corps Législatif, et quels sont les inconvénients que nous trouverions à l'Administration d'un Directeur unique et permanent.

10. On pense assez généralement qu'en matière d'Administration la responsabilité n'existe qu'où seulement se trouve *un chef unique;* cela peut être vrai en politique, en finance et en ce qui concerne des objets analogues d'une valeur parfaitement connue du chef unique auquel en revient la responsabilité. Mais celle-ci existerait-elle réellement à l'égard d'un chef unique, chargé officiellement de la conservation des objets si nombreux et si variés qui composent les Collections du Muséum d'Histoire naturelle? Nous ne le pensons pas; mais pour faire partager notre conviction au lecteur, il faut considérer avant tout le nombre et la diversité des services compris dans l'Administration de cet établissement; nous jugerons ensuite si elle répond à son institution, en l'envisageant sous les rapports de la conservation des Collections, de leur accroissement, de la formation de nouvelles Collections, de l'enseignement et du *progrès* dans les sciences de son domaine.

§ I.

De l'Administration du Muséum d'Histoire naturelle considérée dans le nombre et la diversité des services qu'elle comprend.

11. Les mathématiques exceptées, qui sont consacrées à la connaissance de la grandeur, le Muséum d'Histoire naturelle embrasse toutes les branches du savoir humain qui se rattachent à la connaissance de la matière du globe terrestre. Ces branches sont assez bien réparties dans les quinze chaires suivantes :

1. *Physique du globe.*

Elle comprend l'étude des phénomènes que nous rapportons à la chaleur, à la lumière, à l'électricité et au magnétisme, en tant que nous considérons ces phénomènes comme partie de l'histoire du globe terrestre.

La météorologie et la climatologie font partie de ce cours.

2. *Chimie appliquée à la connaissance des matières minérales ou inorganiques.*

3. *Chimie appliquée à la connaissance des matières organiques.*

4. *Minéralogie.*

5. *Géologie.*

6. *Botanique.*

7. *Culture.*

8. *Anatomie comparée.*

9. *Physiologie comparée.*

10. *Anthropologie.*

11. *Mammalogie et Ornithologie.*

12. *Erpétologie et Ichthyologie.*

13. *Malacologie.*

14. *Entomologie.*

15. *Paléontologie.*

12. Un système unique de règles administratives peut-il régir des services aussi divers que le sont ceux des quinze chaires dont nous venons d'énumérer les spécialités? Nous ne le pensons point, ainsi que nous espérons de le démontrer en envisageant l'Administration du Muséum :

1° *Sous le rapport de la conservation des Collections ;*

2° *Sous celui de leur accroissement ;*

3° *Sous celui de la formation de nouvelles Collections ;*

4° *Sous celui de l'enseignement ;*

5° *Enfin sous le rapport des recherches propres à assurer le progrès des sciences comprises dans l'institution du Muséum.*

Article 1er.

Administration du Muséum envisagée sous le rapport de la conservation des Collections.

13. En envisageant les Collections du Muséum au point de vue le plus général, quant à leur conservation fondée sur la nature des objets qu'elles comprennent, on peut les distinguer en cinq catégories.

1re *Catégorie.*

Une Bibliothèque comprenant des recueils de figures peintes sur vélin, d'après le modèle vivant, etc.

2e *Catégorie.*

Des Collections de minéraux, des Collections d'espèces chimiques, des Collections de plantes et d'animaux fossiles, objets inaltérables sous l'influence des agents atmosphériques.

Enfin des Collections d'instruments de physique et de chimie.

3e *Catégorie.*

Des Collections de corps qui ont vécu, plantes et animaux, dont les restes, renfermés dans les galeries d'Anatomie comparée, de Botanique et de Zoologie, sont de nature altérable par les agents atmosphériques, et qui, pour cette raison, exigent des soins incessants absolument nécessaires à leur conservation et à leur maintien dans l'état le moins incomplet possible relativement à l'espèce du corps vivant qu'ils représentent dans l'ensemble de ses parties ou dans quelques-unes seulement.

4e *Catégorie.*

Une Collection de plantes vivantes cultivées en plein air; des Collections de plantes vivantes cultivées en serre tempérée et en serre chaude.

5e *Catégorie.*

Une Collection d'animaux vivant dans une ménagerie et exigeant chaque jour la nourriture et l'abri.

14. La première conséquence qui se présente à l'esprit, en voyant la diversité de ces objets, c'est que leur conservation respective exige des soins fort différents, et que les Catalogues d'une bibliothèque publique, qui donnent à l'État une garantie suffisante, ne la donneraient point pour des objets de la 2e catégorie; car deux échantillons d'une même matière, portant le même nom et pouvant même avoir le même poids, peuvent représenter des valeurs scientifiques excessivement différentes, et dès lors une substitution pourrait être faite au grand détriment d'une Collection, si la personne chargée de leur conservation ignorait cette valeur et conséquemment la nature précieuse de l'échantillon au point de vue scientifique.

Même observation pour les objets de la 3e catégorie; mais, sans insister sur le cas de substitution, la valeur des Catalogues les mieux faits serait bientôt annihilée si l'œil de la science n'était pas constamment ouvert sur les soins à prendre pour la conservation de l'ensemble de ces objets.

Enfin, les Catalogues des objets compris dans la 4e et la 5e catégorie sont loin d'avoir l'importance des Catalogues relatifs aux trois premières catégories, à cause du renouvellement continuel des individus représentant des espèces.

La conséquence de ce qui précède est donc que l'*importance des Catalogues est fort différente relativement à leur utilité spéciale, et que la forme à leur donner ainsi que la manière de les composer ne peuvent rentrer dans une forme unique*. Cette vérité sera développée dans les Documents.

15. Les Professeurs du Muséum ont toujours attaché une si grande importance à la conservation des Collections, qu'ils n'ont jamais consenti à ce que le titre de *Conservateur* fût donné à d'autres fonctionnaires qu'à eux-mêmes, et nous demandons si l'Assemblée administrative qu'ils forment par leur réunion ne présente pas à l'État, et à tous égards, la meilleure des garanties de la conservation des objets appartenant à chacune des cinq catégories précédentes, et si elle n'est pas plus sûre que le serait celle d'un Directeur unique censé l'avoir seul avec des employés subordonnés : c'est ce que tout esprit libre de prévention n'hésitera point à admettre avec nous.

Article 2.

Accroissement des Collections.

16. Les Collections du Muséum s'accroissent par des moyens divers :

1° *Par des crédits spéciaux inscrits au budget du Muséum pour chaque service.*

S'agit-il d'un livre ? S'il est nouveau, un Professeur en signale la publication, ou s'il est ancien et qu'il manque à la bibliothèque, il signale un moyen de se le procurer. l'Assemblée vote sur la proposition.

Il en est de même pour les objets afférant aux autres Collections. Le Professeur en propose l'acquisition à prendre sur son crédit, et ses Collègues prononcent sur l'opportunité de la demande.

2° *Par un crédit extraordinaire accordé par le Ministre.*

Exemple : Collections des minéraux de Haüy; des coquilles de Férussac, de Roissy, etc.; des fossiles de d'Orbigny, etc.

3° *Par voie d'échange.*

Un Professeur a des doubles : il propose un échange à l'Assemblée, et celle-ci prononce.

L'échange est porté dans le procès-verbal, et, s'il a quelque importance, il est soumis préalablement à l'approbation du Ministre.

4° *Par donation.*

Une cause des plus puissantes d'accroissement des Collections provient des dons offerts au Muséum par suite des relations personnelles des Professeurs avec des savants français et étrangers, avec des amateurs d'histoire naturelle, en un mot avec des personnes quelconques possédant des objets plus ou moins intéressants.

17. L'Administration a droit de s'enorgueillir, non pas seulement de quelques objets particuliers, mais de Collections entières données au Muséum par Humboldt, Bonpland, de Candolle, de Jussieu, etc., et après la citation de tels noms, reproduisons le dernier alinéa d'une lettre adressée par M. de Humboldt à M. Élie de Beaumont (1):

« Dans ces sentiments de reconnaissance qui m'animent pour la GRANDIOSE
» INSTITUTION *du Jardin des Plantes*, j'ai réuni tout ce qui peut éclairer ceux
» qui veulent bien se charger des démarches à faire. Désintéressé que je suis
» entièrement, j'ai adressé aussi tous les manuscrits botaniques de notre
» expédition, à l'époque de la mort de M. Kunth (6 volumes dont 3 in-4°
» et 3 in-folio), renfermant des notes sur 4528 espèces tropicales écrites sur
» les lieux, au *Jardin des Plantes*. Une faible partie de ces notes est de mon
» écriture. »

18. Quelles que soient les qualités personnelles qu'on accorde à un Directeur permanent, il est impossible de supposer qu'il obtiendra pour les Collections du Muséum autant de dons, quant au nombre ou à la variété, que les Professeurs actuels en reçoivent par leurs nombreuses relations scientifiques et en raison des services mêmes rendus par eux à beaucoup de personnes qui les consultent.

Supposez même des Professeurs subordonnés à un Directeur, et lui communiquant des listes de ce qu'ils désirent, car nous supposons que l'action directe leur est interdite : peut-on croire que cette subordination

(1) Imprimée dans les *Comptes rendus des séances de l'Académie des Sciences*, tome XLVII, séance du 20 de septembre 1858.

sera avantageuse au Muséum? Nous ne le pensons pas. Et nous ajouterons qu'il arrive souvent dans nos Assemblées qu'un Professeur étranger à une Collection indique à celui de ses Confrères qui en est chargé l'existence d'un objet intéressant, et l'indication de la voie à suivre pour l'acquérir et en enrichir le Muséum.

Article 3.

Formation de nouvelles Collections.

19. Nous avons parlé des Collections du Muséum au double point de vue de la conservation et de l'accroissement. Les nombres des objets que chacune d'elles renfermait à des époques déterminées forment une série tellement croissante avec le temps, qu'ils sont les meilleures raisons à donner en faveur du zèle dont l'Administration a été constamment animée pour remplir deux des conditions de l'institution du Muséum. Mais qu'on se bornât à ce que nous venons de dire des *Collections*, et l'idée qu'on aurait de ce que l'Administration a fait à leur égard serait bien incomplet, car des Collections nouvelles de plus d'un genre ont été fondées au Muséum par plusieurs des Professeurs.

20. Citons comme exemples :

La Collection d'Anatomie comparée, fondée par G. Cuvier;

La Collection des Animaux vertébrés fossiles, qui a exercé une double influence sur les progrès de l'Anatomie comparée et sur ceux de la Géologie; elle a été fondée par le même Professeur;

La Collection des Plantes fossiles, fondée par notre Confrère le Professeur de Botanique;

La galerie d'Anthropologie, de si récente formation;

La Collection des Vers intestinaux;

La Ménagerie, fondée par Étienne Geoffroy et si bien dirigée par Frédéric Cuvier, auteur de remarquables études sur les facultés instinctives des brutes;

La Ménagerie des Reptiles, fondée de nos jours par Constant Duméril.

Article 4.

Enseignement.

21. L'enseignement n'oblige-t-il pas les Professeurs à tenir leurs Collections respectives au courant des connaissances spéciales à leurs chaires? Et l'élan spontané de leurs efforts pour les accroître ne serait-il pas gêné s'il se trouvait obligé de recourir à un pouvoir supérieur que n'animerait pas le même besoin de les accroître?

L'enseignement annexé aux chaires diverses du Muséum n'est-il pas le plus propre au complet développement des sciences spéciales dont le faisceau est, en définitive, l'expression la plus approfondie, à une époque donnée, des connaissances afférentes aux produits de la nature minérale, aux produits de la nature morte et aux produits de la nature vivante?

22. Les Professeurs de Physique et de Chimie, convaincus que leur enseignement représente plusieurs des éléments de l'enseignement des chaires auxquelles des Collections se rattachent, développent ces éléments dans leurs leçons.

C'est ainsi que ces trois chaires parlent des forces qui agissent sur la matière brute, la matière morte et la matière vivante, sous la dénomination de *forces physiques* et de *forces chimiques;* qu'elles font connaître les espèces de corps constituant les *espèces minérales* que la nature nous présente isolées, mêlées ou agrégées, sous le nom de *minéraux* et de *roches*, *espèces* qui sont en définitive les *vraies unités de la Minéralogie et de la Géologie;* de même encore qu'elles font connaître, sous le nom de *principes immédiats organiques*, les *espèces chimiques* constituant immédiatement les corps vivants, lesquelles *espèces chimiques* sont les *unités* de ces corps, comme les espèces précédentes le sont des minéraux.

23. Ces trois chaires exposent ensuite l'intervention des forces physiques et des forces chimiques dans la reproduction artificielle des *espèces chimiques*, ainsi que la part qui leur revient dans les phénomènes de la matière vivante.

A ces sciences il appartient encore de fixer les conditions d'existence des corps vivants relativement au monde extérieur où ils naissent, se développent et meurent; de faire connaître les amendements, les engrais, les aliments et les conditions de la salubrité du sol, des eaux et de l'atmosphère.

Aussitôt que les circonstances le permettront, une galerie sera attribuée à ces chaires, et le public y verra la collection des *espèces chimiques* les plus remarquables que l'homme est capable de produire par la combinaison de leurs éléments, ou d'extraire de composés naturels, quand ces espèces, n'ayant pu être décomposées, sont réputées des *corps simples*.

24. Une chaire de Botanique expose ce qu'on sait des plantes au point de vue de leur anatomie et de leur physiologie, et au point de vue de leur distinction en espèces et de la classification de ces espèces d'après la méthode qu'on appelle *naturelle*.

Une chaire de Culture, consacrée spécialement aux plantes utiles et aux plantes d'ornement, les envisage non-seulement au point de vue de la culture, mais encore elle s'efforce de ramener à des types définis les plantes qui, dérivant d'une même mère, ont été modifiées par la culture en variétés et en races.

25. La chaire d'Anatomie comparée ne peut exister que dans un établissement où, comme au Muséum, se trouve à la fois un enseignement et une ménagerie. Cette circonstance donne une grande importance à cette chaire en en limitant extrêmement le nombre; et cependant l'utilité en est incontestable, si on vient à considérer les lumières qu'elle répand sur les cinq chaires de Zoologie. Enfin, la chaire de Physiologie comparée apporte de nouveaux éléments à la connaissance des animaux.

26. Quant à la chaire de Paléontologie, à l'aide des lumières qu'elle reçoit de l'anatomiste, du botaniste et des zoologistes qui ont réduit en espèces définies les restes des plantes et des animaux trouvés à l'état fossile, elle présente ces espèces dans l'ordre successif des temps où elles vivaient, en admettant que ces temps correspondaient à la formation des couches terrestres qui recèlent ces débris de l'ancien monde vivant.

27. Les chaires diverses, dont l'enseignement du Muséum se compose, montrent donc la diversité des services auxquels l'institution du Muséum doit satisfaire pour le but que l'on s'est proposé d'atteindre en la fondant. Or, ce but étant la connaissance même des œuvres de la création qui sont accessibles à nos sens, il faut que toutes les connaissances enseignées spécialement viennent converger en un centre qui est cette connaissance, ou bien, en d'autres termes, la résultante synthétique de tous les enseignements spéciaux répartis entre les diverses chaires que nous venons de passer en revue.

28. De là dérive la nécessité du concours de plusieurs Collections pour un enseignement spécial, de sorte que le même objet peut être présenté dans des enseignements divers sous les aspects divers où ces enseignements l'envisagent. Cette nécessité de présenter le même objet sous des aspects différents a le grand avantage de montrer aux auditeurs comment la faiblesse de l'esprit humain impose à celui-ci, d'abord l'*analyse* des choses complexes en leurs éléments pour les connaître, ensuite la *synthèse* de ces éléments pour les réunir et juger par là de l'exactitude de l'analyse. Tels sont les faits qui donnent l'explication d'un déplacement momentané d'objets des Collections, qui a été un sujet de critique de la part du Rapporteur. Nous y reviendrons dans l'article suivant pour en expliquer la nécessité (33).

Article 5.

Recherches propres à assurer le progrès des sciences comprises dans l'institution du Muséum.

29. Doit-on considérer les Collections seulement comme des choses propres à satisfaire la curiosité du peuple et des gens du monde; les frais d'acquisition et de conservation seraient-ils justifiés par la condition de satisfaire à un des penchants passagers de l'homme, lorsque des occupations prolongées excitent en lui le besoin de se distraire ou lorsqu'il veut échapper aux ennuis de l'oisiveté? Assurément non.

30. Une Administration prévoyante et éclairée veut encore, en offrant ces Collections aux regards du public, exciter sa curiosité en même temps que diriger son attention sur des objets qui la méritent à tous égards, au point de vue de la forme dont les arts et l'industrie peuvent tirer parti, et au point de vue des connaissances utiles à toutes les classes de la société, en offrant à celles-ci l'occasion de les faire profiter des méditations, des découvertes et des écrits des savants qui ont pour but la connaissance de ces objets.

31. Existerait-il un spectacle plus propre à montrer l'ordre et l'harmonie auxquels sont subordonnées les œuvres de la création, que de les voir rangées conformément aux rapports de ressemblance que la science a fait connaître? Quel puissant intérêt s'attacherait, par exemple, à des galeries convenablement coordonnées pour présenter aux regards les espèces du règne animal rangées par genres, familles, ordres, classes et embranchements, conformément à la méthode naturelle! Que de réflexions suggéreraient ces formes si variées du monde animé classées conformément à cette méthode, et qui, en frappant les yeux du corps, feraient saisir à l'esprit ces relations mutuelles des organes constituant chacune de ces existences définies qu'on appelle les *espèces du règne animal!* L'Administration du Muséum serait heureuse, si cette pensée se réalisait, de faire comprendre à tous l'importance des méthodes dans les sciences naturelles. Ce serait une nouvelle consécration, à l'égard du public, de la gloire des Jussieu, fondateurs des familles du monde végétal, de la gloire de Cuvier, appliquant la méthode naturelle aux espèces animales, et à celle de Lamarck, de Geoffroy, de Blainville, consacrant leur vie à la perfectionner!

32. Avoir montré la part du Muséum dans l'institution des méthodes naturelles appliquées aux plantes et aux animaux, c'est dire les travaux nombreux qu'on a dû y exécuter; c'est dire que ces travaux sont nés de l'étude des objets conservés dans ses Collections, et ces travaux afférant à toutes les chaires du Muséum ont puissamment contribué à la diffusion des sciences naturelles, nous ne dirons pas seulement en France, mais dans le monde entier, comme le témoignent les écrits de Haüy, d'Alexandre Brongniart, des Jussieu, de Cuvier, de Blainville, des deux Geoffroy, de Duméril, etc., etc., auxquels nous ajouterons les recherches chimiques de Vauquelin, qui ont eu tant d'influence sur l'analyse organique immédiate, et les analyses minérales si précises de Laugier. Les Mémoires publiés par les Professeurs-Administrateurs forment de volumineux recueils qui ne cesseront pas d'être consultés avec fruit par tous les savants que la connaissance de la nature intéresse !

33. En parlant du déplacement momentané de certains objets des Collections, afin de satisfaire à l'exigence d'un bon enseignement (**28**), nous avons remis à ce moment à le justifier d'après le motif que le progrès de la science peut en exiger un semblable pour satisfaire aux études d'un Professeur du Muséum ou de quelque autre savant; mais, auparavant, nous rappellerons la remarque faite dans l'avant-propos (**2**) relativement à des conclusions erronées déduites de la prise en considération d'une seule des parties d'un tout, lorsque la rigueur du raisonnement eût exigé de tenir compte de chacune d'elles avant de tirer une conclusion définitive. Ainsi, reconnaissant en principe que l'institution du Muséum est scientifique avant tout, nous nous élèverons toujours contre l'opinion de ceux qui, ne voyant absolument que la conservation, prétendraient que les objets renfermés dans les galeries doivent y être immuables, en les assimilant alors à des livres d'une bibliothèque qu'il ne serait pas permis de déplacer pour les lire ! Et nous, tout au contraire, nous disons : Les Collections du Muséum, créées pour la science, doivent servir autant que possible à l'étudiant et au savant, et dès lors on en déplacera des échantillons, s'il le faut, pour satisfaire à cette double destination; mais on le fera avec la condition expresse de prendre toutes les précautions nécessaires à la conservation des objets que momentanément on déplacera des galeries. Quand il s'agira de la question de déplacer des objets, qui prononcera avec plus de compétence sur l'opportunité du déplacement, à l'égard de la détérioration et à l'égard de l'enseignement et du progrès de la science, que l'Assemblée de Professeurs-Administrateurs du Muséum ? Quelle garantie sera réellement meilleure que la leur à l'égard du pays? Car, en définitive, la question consiste à savoir si la détérioration à laquelle un objet déplacé est exposé présente une chance qui a plus d'inconvénient que l'inconvénient résultant du non-déplacement de cet objet pour servir à l'enseignement public ou aux recherches d'un savant dans l'intérêt du progrès scientifique.

34. Si un savant chimiste, par exemple un Berzelius, est conduit par ses recherches à soupçonner dans une pierre météorique de la Collection du Muséum la présence d'un certain corps, l'Administration ne serait-elle pas blâmable de se refuser au désir du chimiste? et en y satisfaisant, au grand avantage de la science, n'a-t-elle pas dans son sein des Professeurs de Physique, de Chimie, de Minéralogie et de Géologie pour indiquer l'endroit où le prélèvement de la matière destinée à l'analyse devra être fait avec le moins de désavantage possible pour la Collection?

35. On a blâmé feu M. Cordier d'avoir placé dans la galerie de Géologie des échantillons d'eaux minérales. Nous n'avons jamais compris cette critique de la part de personnes qualifiées de savantes. Si des eaux naturelles longtemps conservées dans des flacons de verre devaient être soumises à une analyse prétendue précise, ce serait une erreur de croire à cette précision, en opérant avec de telles eaux; mais s'il s'agissait, par exemple, d'y constater la présence d'un corps qu'on n'y aurait pas encore signalé, et de l'y constater par un procédé à la fois facile et précis, comme l'est le procédé si éclatant par ses résultats que MM. Bunsen et Kirchhoff viennent de faire connaître, ces eaux ne seraient plus réputées inutiles à la science.

§ II.

Des logements des Professeurs au Muséum.

36. Après avoir exposé les motifs que nous avons, non pour *justifier* les déplacements momentanés de certains objets des Collections, mais pour en montrer la *nécessité* quand il s'agit de satisfaire à deux des conditions de l'institution du Muséum, celles qui regardent *l'enseignement et le progrès des sciences*, nous sommes ainsi conduit à traiter la question du *logement des Professeurs*.

Rien de plus simple que le raisonnement du Rapporteur de l'enquête au *point de vue restreint* où il s'est placé. *Une personne chargée uniquement de la responsabilité des Collections comme Administrateur permanent du Muséum une fois en fonction, les logements attribués aux Professeurs, dépouillés de la qualité d'Administrateurs que la loi fondamentale leur a donnée, n'ont plus de raison d'être.* Et si l'on tient compte de la réflexion qu'il en résultera une *grande économie* pour l'État, un argument de plus parlera en faveur de l'opinion du Rapporteur.

Enfin si, par égard pour les Professeurs, on ajoute encore qu'une indemnité de logement leur sera accordée, il semblera à certaines personnes, qui se croient impartiales, qu'alors toutes les convenances seront observées; d'une part, une source d'abus sera tarie, et, d'une autre part, satisfaction sera donnée à un intérêt consacré par la loi et une durée de soixante-dix ans.

37. En désaccord complet avec le Rapporteur, mais dans la position d'indépendance où nous sommes heureusement, la cause que nous plaidons étant en dehors de notre intérêt personnel, nous n'hésitons point à donner au public les raisons de notre conviction et à les soumettre à la haute Administration du pays. En conséquence :

1° Nous voulons montrer que le logement des Professeurs au Muséum n'est point une faveur, et encore moins un abus conséquemment ;

2° Que le logement étant une condition de travail au Muséum, la conséquence est que le supprimer avec indemnité ne serait point conforme à la pensée du Législateur, qui l'a attribué aux Professeurs;

3° Qu'un Gouvernement prévoyant et éclairé est intéressé à concourir de toute sa puissance à encourager les hommes qui sacrifient au culte de la science abstraite la richesse et la grandeur d'une position sociale qu'ils pourraient trouver ailleurs.

38. Nous disons, en admettant toujours que l'institution du Muséum est essentiellement scientifique : Le Législateur, en attribuant un logement aux Professeurs, ne leur a point accordé une faveur; son intention formelle a été de les rapprocher le plus possible du lieu de leurs études; les Professeurs de Chimie, de leurs laboratoires; les Professeurs de Botanique et de Culture, de leurs herbiers et des jardins; les Professeurs d'Anatomie et de Zoologie, de leurs laboratoires et de leurs Collections. Et cette intention se trouve justifiée par l'exemple même d'un Professeur que des fonctions administratives éloignaient chaque jour de ses Collections, mais dont les travaux scientifiques perpétueront le nom : en effet, pourra-t-on croire que Cuvier, logé loin d'elles, aurait accompli ces travaux? Tandis que logé au Muséum, lorsque, libre de ses devoirs administratifs, il rentrait chez lui, il trouvait des bibliothèques que sa fortune ne lui aurait pas permis de placer dans une maison particulière; il allait dans son laboratoire, qui était de plain-pied avec son rez-de-chaussée, ou dans les galeries d'Anatomie comparée, qu'il avait fondées et qui communiquaient avec son salon.

Fourcroy, directeur de l'instruction publique, logeait au Muséum; lorsque la chaire des Arts chimiques y devint vacante, sentant avec raison tout ce que la science pouvait gagner à ce que Vauquelin y eût son laboratoire, il voulut qu'il vînt loger au Muséum, et c'est là que son élève, son plus bel ouvrage, pendant plus de vingt-cinq ans fit ses nombreuses analyses immédiates des produits de la nature végétale et de la nature animale, analyses qui ont tant contribué aux progrès de l'histoire des plantes et de l'histoire de la composition chimique des animaux, et qui, en servant les chaires de Botanique, de Culture et de Zoologie, sont venues compléter la gloire de l'analyste auquel la science devait la glucine et le chrome!

39. Qu'on veuille bien nous permettre, au nom d'une vie dévouée à la science, de parler en faveur de nos successeurs, en réclamant pour eux les avantages inappréciables que nous avons trouvés au Muséum, et dans ses Collections variées et dans l'intimité des relations de tous les moments qu'il nous a été loisible d'avoir avec des hommes animés du feu de la science, relations impossibles, si nous eussions été disséminés dans la grande ville, loin du centre où convergent toutes les œuvres de la création. Qu'au sein du tourbillon de la société actuelle où tant d'hommes s'agitent, désireux qu'ils sont d'acquérir rapidement la fortune indispensable aujourd'hui à satisfaire les besoins et les jouissances de la vie, on cherche à deviner le sort que l'avenir réserve à la science abstraite, et sans doute on craindra pour ses progrès. Déjà, quelle est la disposition que nous apercevons dans la plupart des jeunes gens doués d'un esprit d'initiative, au début de leur carrière? Ce n'est point la science abstraite, dont la culture se borne à la promesse d'une fortune modeste, et encore après de longs efforts, qui les séduit, qui les anime : c'est la science appliquée, ce sont les carrières de l'ingénieur ou de l'industriel, qu'ils préfèrent par l'espoir d'une fortune grande et rapide.

40. Cette réflexion n'est pas nôtre; des hommes épris de la science, appartenant à des générations qui nous ont précédé, l'ont faite, et nous en avons constaté la justesse : et c'est parce qu'elle nous presse que nous dirons aux puissants de l'Administration doués de prévoyance et de lumière : Trop de causes éloignent aujourd'hui de jeunes intelligences du culte de la science pure; trop de causes tendent à en détourner quelques-uns de ceux qui s'y sont engagés avec succès, pour que vous diminuiez les avantages d'une carrière dont les esprits doués de quelque vigueur s'éloignent de plus en plus, et où la médiocrité finira par trouver des places faciles à occuper, alors qu'elles seront délaissées des hommes de quelque intelligence. Regardez à deux fois avant de créer des chaires dont l'utilité est douteuse; car en les multipliant, on sert la médiocrité et l'on retarde les progrès de la science.

Nous résumerons notre pensée en disant que le *logement du Professeur au Muséum n'est ni un abus ni une faveur; c'est une position créée par le législateur à l'avantage de la culture de la science,* et l'opinion que nous avons émise est *la conséquence de ce que nous envisageons l'institution du Muséum comme scientifique avant tout.*

41. Nous n'ajouterions rien à ce qui précède, si l'auteur du Rapport sur le Muséum n'avait pas adopté pour le succès de sa thèse un procédé qui n'est pas le nôtre, quand il s'agit de comparer l'étendue des logements des Professeurs avec celle des bâtiments destinés aux Collections. Nous n'attaquons pas les chiffres qu'il a cités, mais nous les groupons autrement que ne l'a fait le Rapporteur; et en cela nous pensons, conformément à la méthode naturelle professée au Muséum, qu'une comparaison n'est juste qu'autant que le raisonnement qui y a recours établit préalablement une similitude ou une analogie précise entre les choses comparées.

Or le Rapporteur a pensé différemment. Reproduisons ses paroles avant d'exposer notre manière de voir :

RAPPORT (Page 24).

Aujourd'hui 54 personnes, dont 12 Professeurs, sont logées au Muséum avec leurs familles et leurs domestiques. Les douze logements de Professeurs se composent chacun de treize à vingt et une pièces, sans y comprendre les vestibules, cuisines, bûchers, cabinets, écuries, remises.

. . . .

Si l'on mesure la superficie de ces logements dans leur ensemble, on arrive à un chiffre total de 10,911 mètres carrés, sans y comprendre ni les mansardes, ni les greniers, ni les cabinets, ni les jardins, ni aucun des accessoires....

Que, dans le but d'obtenir un terme de comparaison, on cherche maintenant l'étendue des constructions destinées à satisfaire aux exigences scientifiques du

3

Muséum, à savoir : des galeries, du cabinet d'Histoire naturelle, de l'amphithéâtre, de l'orangerie, de la fosse aux ours, de la faisanderie, des espaces occupés par les animaux paisibles, par les oiseaux de proie et par les animaux féroces, du bâtiment des singes, etc., on trouvera qu'elle n'a pas plus de 9,092 mètres carrés.

Le rapprochement de ces chiffres dispense de tout commentaire.

RÉPONSE.

Nous ferons deux remarques :

Première remarque. — Le chiffre de 10911 mètres carrés ne s'applique-t-il pas aux douze logements des Professeurs, d'après la rédaction du Rapport (premier et deuxième alinéa)?

Eh bien! cela n'est pas : le chiffre 10911 comprend tous les logements du Muséum. Les 12 logements de Professeurs ne comprennent que 9348 mètres carrés.

Dès lors ce n'est pas 10911, mais 9348 qu'il faut opposer à 9062.

Alors, au lieu du rapport de. . . . . 100 : 120,

On a celui de. . . . . 100 : 103.

Deuxième remarque. — Si nous reconnaissons que l'intention du Rapporteur de montrer l'abus de loger les Professeurs au Muséum a été parfaitement remplie par l'exposition des chiffres qu'il a donnés, nous ne pouvons admettre la *justesse* du raisonnement qui l'a conduit; car pour que la *comparaison* qu'il a eue en vue *soit exacte*, il y a *deux manières de raisonner, mais il n'y en a pas trois.*

La *première manière* consiste à comparer la superficie de tous les étages des maisons de Professeurs à la superficie de tous les étages des bâtiments à Collections.

La *seconde manière* est de comparer la surface de terrain couverte par les maisons de Professeurs à la surface de terrain couverte par les bâtiments à Collections. En ce cas, la première, au lieu d'être 9348, n'est plus que de 2438 mètres carrés, ce qui donne 100 pour cette surface et 372 pour la seconde.

Si le Rapporteur a dit (**41**) : *Le rapprochement de ces chiffres dispense de tout commentaire,* à notre tour, nous dirons, d'après les deux remarques précédentes, qu'avant de conclure dans le sens du Rapporteur, la vérité impose l'obligation d'examiner si *le rapprochement des chiffres que nous venons de faire n'est pas plus conforme à la rigueur du raisonnement que le rapprochement des chiffres exposé par le Rapporteur?* Le lecteur jugera.

§ III.

Budget du Muséum.

42. Le Rapporteur a voulu faire croire que le budget du Muséum, en dehors des règles de toute comptabilité précise, était établi de la manière la plus vague, afin probablement de servir ceux qui étaient chargés d'en user ; car il est difficile de ne pas admettre cette interprétation de sa pensée, lorsqu'en parlant d'une *réserve* dont il sera question plus bas (article 3), il s'est exprimé en ces termes : ... « *Il est prélevé un fonds de réserve de* 8,000 *francs* DESTINÉ A FAIRE FACE A DES DÉPENSES NON PORTÉES AU BUDGET. »

43. Il est temps que la lumière se fasse et qu'on apprécie la valeur d'allégations avancées à l'appui d'une thèse dont la conclusion est en dehors de la vérité ; et avec notre conviction de la nécessité que l'ordre le plus sévère préside à l'emploi des crédits alloués par le Corps Législatif à toutes les Administrations de l'État, nous allons entrer dans des détails arides, sans doute, mais indispensables pour éclairer ceux de nos lecteurs qui auraient attaché quelque importance aux attaques du Rapport que nous réfutons.

44. Nous diviserons ce paragraphe (§ III) en six articles.

1er ARTICLE. *De la manière dont le budget du Muséum est établi.*

2e ARTICLE. *Réponse au reproche d'imputations irrégulières.*

3e ARTICLE. *De la réserve du budget du Muséum.*

4e ARTICLE. *De traitements conservés à des employés infirmes.*

5e ARTICLE. *D'un déficit évalué à 25000 francs.*

6e ARTICLE. *Remarque relative à des déclarations faites au Rapporteur par des Aides-Naturalistes.*

ARTICLE 1er.

De la manière dont le budget du Muséum est établi.

45. Chaque année, le Ministre fait connaître à l'Administration du Muséum les crédits qui lui sont alloués au budget de l'État. Une Commission composée du Directeur, du Trésorier, du Secrétaire et de deux ou trois Professeurs fait *un projet de répartition* de ces crédits entre les divers services de l'établissement, et ce projet, après examen et discussion, est arrêté par l'Assemblée des Professeurs-Administrateurs, dont chacun a été convoqué par une lettre spéciale. Devenu ainsi *projet de l'Assemblée*, il est soumis au

3.

Ministre; s'il obtient son approbation, il prend le titre de *budget du Muséum*, et donne lieu à l'ouverture d'autant de crédits qu'il y a de services.

46. Cette manière de procéder dans l'établissement du budget remonte à l'année 1838; elle est conforme à deux lettres écrites par le Ministre de l'Instruction publique aux dates du 17 de janvier et du 4 de décembre. Les archives de l'Administration conservent tous les *états de répartition* des crédits et les *arrêtés ministériels* qui constituent ces états *budgets officiels du Muséum*.

47. Avant les prescriptions énoncées dans les deux lettres ministérielles précitées, le budget était arrêté pour chaque année par l'Assemblée dans la même forme et avec les mêmes détails; mais alors même, quoiqu'il fût acte d'Administration intérieure, les crédits en étaient parfaitement définis et toujours connus du Ministre. On peut voir le *budget de* 1835, documents **A** et **B**.

---

48. Donnons la preuve de ce que nous venons de dire en renvoyant aux documents les pièces suivantes, que nous classons par ordre chronologique, et qui sont antérieures aux pièces concernant le budget de 1858 cité par le Rapporteur comme exemple de ce que la comptabilité du Muséum laisse à désirer selon lui.

Année 1835.

A. Deux extraits des procès-verbaux de l'Assemblée des Professeurs constatant que le budget de 1835 a été examiné dans deux séances. (*Voir* **51-52**.)

B. Budget de 1835 arrêté dans tous ses détails suivant les décisions de l'Assemblée. (*Voir* **49-50**.)

Années 1838-1839.

C et **D**. Deux lettres de M. Salvandy prescrivant à l'Administration du Muséum le mode de comptabilité qu'elle a constamment suivi jusqu'aux modifications que le Ministre y a faites récemment. (*Voir* **49-50**.)

E. Budget de 1839. Il est la preuve parlante que l'état de distribution du crédit alloué au Muséum, présenté à l'approbation du Ministre, a été détaillé dans toutes les parties dont il se compose. (*Voir* **49-50**.)

Années 1846-1847.

F. Lettre de M. de Salvandy prescrivant de reporter du personnel au matériel la somme qui servira au payement des gages des gens de service.

Cette prescription est devenue le sujet d'un blâme de la part du Rapporteur à l'égard de l'Administration qui s'y est conformée. (*Voir* art. **2, 56** et **57.**)

G. Répartition détaillée du crédit alloué au Muséum soumise au Ministre, et arrêtée par lui comme *budget définitif.* (*Voir* **49-50.**)

Année 1856.

H et **I.** Copie de deux circulaires dont l'une est la convocation de la Commission du budget et l'autre la convocation de l'Assemblée, pour discuter le projet de la Commission. (*Voir* **51-52.**)

K. Extrait du procès-verbal de la séance du 5 avril 1856, qui fait foi que l'Assemblée examine en détail les propositions faites par la Commission du budget. Ces trois pièces sont une réponse au passage du Rapport. (*Voir* **51** et **53.**)

---

49. Après avoir lu ces documents, tout lecteur impartial conviendra qu'il n'est point exact de dire avec le Rapporteur :

RAPPORT (Page 27).

Nous prendrons pour exemple du régime de cette comptabilité l'emploi du budget de cet établissement.

Ce budget, qui pour les années précédentes n'était que de 479,780 *francs, a été élevé pour l'année* 1858 *à* 494,780 *francs ainsi répartis :*

Personnel.	229,780 fr.
Voyageurs naturalistes.	25,000
Matériel.	240,000
Somme égale. . . .	494,780 fr.

C'est en ces termes qu'il a été proposé par l'Assemblée des Professeurs, puis revêtu de l'approbation du Ministre, et qu'il a pris place au budget de l'État.

RÉPONSE.

50. Cette assertion est inexacte. A aucune époque, dans aucune circonstance, le budget du Muséum n'a été proposé en des termes aussi généraux, sans que ceux-ci fussent suivis de détails.

Si nous examinons le *budget de l'État,* nous y voyons :

Le crédit pour le personnel divisé en 7 *groupes ;*

Le crédit pour le matériel divisé en 5 *sections.*

Dans *l'état de répartition* soumis par l'Assemblée des Professeurs-Administrateurs au Ministre de l'Instruction publique, avec lettre d'envoi à la date du 29 de janvier 1858, et dans cet état *approuvé* par lettre du Ministre à la date du 13 de février suivant :

Le crédit pour le personnel est divisé en 23 groupes;

Le crédit pour le matériel est divisé en 5 sections divisées elles-mêmes en 75 *articles*.

Nous reproduisons dans les documents les pièces **L, M, N, O, P, Q,** en réponse à l'allégation précédente (*voir* **49**) et à l'allégation suivante. (*Voir* **51**.)

L et **M**. Lettres de convocation relatives au budget de 1858. (*Voir* **51-52**.)

N. Extrait du procès-verbal relatif à des modifications à apporter au budget.

O. Lettre adressée au Ministre dans laquelle on soumet à son approbation les modifications précitées dans l'état de répartition **P**.

Q. Lettre par laquelle le Ministre approuve la répartition **P**.

RAPPORT (Page 27).

51. « *Les procès-verbaux font connaître que la préparation annuelle du » budget du Muséum ne donne lieu, de la part des Professeurs, à aucune obser- » vation ni à aucune discussion. Il* SEMBLE *n'être présenté que pour ordre et se » reproduit d'année en année, d'une manière invariable, bien que, dans l'ap- » plication, des transformations importantes aient été introduites.* »

RÉPONSE.

52. La réponse que nous venons de faire et les documents cités à l'appui de leur exactitude suffiraient, pensons-nous, pour porter la conviction dans l'esprit du lecteur. Cependant, voulant dissiper tous les doutes, nous renvoyons aux documents, mais en ajoutant une réflexion relative à l'*invariabilité du budget du Muséum*, alléguée par le Rapporteur comme un reproche fait à l'Administration.

Si la volonté du Rapporteur de n'avoir que des abus à signaler dans l'Administration du Muséum eût été moins fortement arrêtée, et que, cherchant à s'éclairer du passé avant de condamner le présent, il eût bien voulu aller aux renseignements, il aurait appris que l'*invariabilité* n'est pas un principe de l'Administration du Muséum, mais que les changements qui peuvent survenir dans ses budgets sont par le fait des exceptions, en ayant égard au nombre des cas où il n'y en a pas. En effet, les changements n'ont lieu que dans les rares circonstances d'augmentation ou de diminution de crédit, lorsqu'un état de choses nouveau se présente; en un mot, les changements de crédit résultent de circonstances extraordinaires.

Nous citerons deux cas contraires et cependant fort rapprochés, eu égard au temps qui les sépare; ils montreront que l'*invariabilité* n'est point un principe absolu de l'Administration du Muséum.

53. Le *premier cas* que nous citons est la délibération de l'Assemblée des Professeurs relativement au budget de 1856. Elle est extraite du procès-verbal du 5 avril 1856. (Document **K**.)

Le Directeur et le Professeur-Trésorier font connaître le résultat du travail de la Commission du budget (1). Ils exposent avec détail des propositions relatives à une augmentation de dépenses résultant de l'exécution de dispositions antérieurement décidées, principalement 1° pour l'ouverture d'une galerie nouvelle (la galerie d'Anthropologie); 2° pour que le public fût admis le dimanche dans les galeries, admission demandée depuis plusieurs années par un grand nombre de lettres adressées à l'Assemblée.

Ces propositions sont adoptées, et l'Assemblée décide que les dépenses occasionnées par leur mise à exécution seront imputées sur la *réserve*, fonds de prévoyance qui a donné lieu aux paroles peu bienveillantes pour l'Administration, que nous avons rapportées (**42**).

54. Le *deuxième cas* que nous citons est la décision de l'Assemblée relativement à la proposition de la Commission du budget de 1857; elle se borne à arrêter que la *répartition des crédits de l'exercice de* 1857, *qui sera soumise à l'approbation de Son Excellence le Ministre, restera conforme à celle de* 1856. Elle est extraite du procès-verbal de la séance du 28 avril 1857. (Document **K'**.)

55. Nous déduisons de ces faits incontestables *trois conséquences :*

Première. C'est qu'il n'est point exact de dire, avec le Rapporteur, que la

---

(1) La Commission était composée du Directeur, du Trésorier, du Secrétaire, du Professeur de Géologie (feu M. Cordier), du Professeur chargé de la Ménagerie et du professeur de Culture. (*Voir* les lettres de convocation, Documents I.)

préparation du budget ne donne lieu à aucune observation ni discussion dans l'Assemblée des Professeurs, et qu'il *semble n'être présenté que pour ordre*.

Deuxième. C'est qu'il n'est point exact de dire, avec le Rapporteur, que le budget est reproduit d'année en année *d'une manière invariable*, quoique dans l'application des transformations importantes aient été introduites.

Troisième. Mais si le Rapporteur a été trop absolu en disant que le budget du Muséum, ou plutôt la répartition à laquelle il donne lieu, se reproduit d'année en année *d'une manière invariable*, puisque nous avons cité des cas de modification, en reconnaissant toutefois qu'ils sont extraordinaires, nous déduisons du véritable état de choses la justification du mode actuel de l'Administration du Muséum. Car, dans un budget ramifié en autant de parties diverses que le sien et avec des crédits si faibles à l'égard de chaque partie, sans en excepter même les crédits alloués au Jardin et à la Ménagerie, qu'on cite une somme qui se prêterait à une discussion dont l'importance justifierait à la fois la nomination d'un haut fonctionnaire chargé uniquement de l'Administration du Muséum, et le traitement qui lui serait alloué, en prévision des abus qu'il empêcherait. Or nous verrons, à l'article 3, et au § IV (**82**) en parlant de la *réserve*, quelle pourrait être cette somme. D'après cette remarque, on ne voit pas ce qui donnerait lieu *raisonnablement*, entre les Professeurs, à une discussion dont l'importance serait telle, qu'il fallût la détailler dans le procès-verbal à l'instar des discussions d'un gouvernement parlementaire.

Article 2.

Réponse au reproche d'imputations irrégulières.

RAPPORT (Page 22).

56. *Il résulte de renseignements officiels qu'il n'est tenu aucun compte de la spécialité des articles; ainsi il est prélevé habituellement sur le crédit du matériel, pour dépenses du personnel, une somme de 71,300 francs, qui se compose ainsi :*

Pour journées d'hommes employés dans les laboratoires.	6,000 fr. environ.
Pour salaires des jardiniers de la Ménagerie.	3,000
Pour salaires des frotteurs des galeries	7,500
Pour journées des ouvriers des ateliers.	15,000
Pour journées des ouvriers jardiniers	39,800
Total égal. . .	71,300

Nous sommes loin de contester l'utilité de ces dépenses; mais, puisque la nécessité en était connue, ne devaient-elles pas être comprises au paragraphe du personnel, dont le chiffre sans cela n'est qu'une fiction ? (Rapport, p. 27.)

Dans ce nombre (celui des personnes composant le personnel) ne sont pas compris, par un procédé irrégulier, des frotteurs et gens de service pour les galeries, et des ouvriers et élèves jardiniers, au nombre de 52, qui sont soldés sur les dépenses du matériel. (Rapport, p. 22.)

RÉPONSE.

57. Si le Rapporteur eût demandé quelques renseignements avant d'accuser l'Administration du Muséum, on lui aurait communiqué une lettre du Ministre de l'Instruction publique, à la date du 27 de novembre 1846, dans laquelle il informe l'Administration de l'intention où il est de *reporter du personnel au matériel, dans le budget de 1848, la somme qui servira au payement des gages des gens de service qui se trouveront ainsi séparés des employés* avec lesquels on les a compris jusqu'à ce jour dans les budgets précédents. (*Voir* Documents, pièce **F.**)

58. Mais quel que soit le nombre des traitements reportés au personnel, il y aura toujours un certain nombre de personnes qu'il sera d'une bonne Administration de maintenir au matériel : par exemple, *les ouvriers des ateliers*, et presque tous *les ouvriers et les élèves jardiniers;* car ce sont de vrais *journaliers* dont le nombre varie avec les besoins des saisons et ceux du service. Et il en est parmi eux qui n'entrant au Muséum que pour leur instruction, en sortent lorsqu'ils pensent l'avoir acquise.

ARTICLE 3.

De la réserve du budget du Muséum.

59. *La réserve du budget du Muséum* a été un sujet de critique *extrême*, tandis que dans notre simplicité nous la considérions comme une des mesures les plus heureuses de notre Administration, pour satisfaire à l'imprévu en nous maintenant, autant que possible, dans le budget.

Peut-on prononcer des paroles plus fortes que celles-ci en fait de critique administrative (**42**) : *Il est prélevé un fonds de réserve de 8000 francs* DESTINÉ A FAIRE FACE A DES DÉPENSES NON PORTÉES AU BUDGET? (Rapport, p. 28.)

60. Qu'est-ce que *la réserve?* Nous répondons : C'est la conséquence de quatre faits :

1° La diversité des services du Muséum;

2° La nécessité de satisfaire à des dépenses imprévues;

3° La faiblesse de ce budget;

4° La volonté qu'en tout temps l'Administration a eue de se renfermer dans ses crédits.

La nécessité de satisfaire à l'imprévu est démontrée, soit qu'il s'agisse d'une acquisition d'objets quelconques, soit qu'il s'agisse d'acquitter une dépense excédant un crédit plusieurs mois après que le budget a été arrêté; telles sont, par exemple, les dépenses qui résultent de l'augmentation du prix des fourrages nécessaires à la nourriture de chaque jour des animaux de la Ménagerie, des frais de transport d'animaux offerts, soit au Muséum, soit au chef de l'État qui en fait don à cet établissement, ou de l'augmentation du prix des combustibles, bois et charbon de terre, nécessaires au chauffage des serres et de plusieurs parties de la Ménagerie.

61. Jusqu'en 1839, la réserve fut formée en prélevant des sommes proportionnellement aux crédits du matériel.

62. Depuis 1839, on l'a prélevée particulièrement sur les *crédits destinés aux acquisitions*. Ce que nous venons de dire montre, effectivement, qu'elle faisait retour à ces crédits, sinon en totalité, du moins en partie.

63. Le budget du Muséum de 1848 subit une diminution de 30000 francs, ce qui réduisit à 15 000 francs l'ensemble des crédits d'acquisition; depuis lors la réserve a été prise sur le crédit de la Ménagerie.

64. Enfin, en 1859, après le Rapport de la Commission, le Ministre de l'Instruction publique approuva le *principe de la réserve* et prescrivit de la porter au projet de répartition du crédit alloué au Muséum d'Histoire naturelle. Ainsi dans le projet de répartition du budget de 1862, la réserve de 7500 francs est portée sous le titre de sixième section. (*Voir* Documents, pièce **R**.)

65. Nous disons donc que la réserve est une excellente mesure, puisqu'elle a été conservée par le Ministre. Si on alléguait qu'elle est conservée, mais de manière à ne plus donner lieu à aucun abus, nous protesterions contre l'allégation, et si les paroles du Rapporteur que nous avons citées plus haut (**42**) : *Il est prélevé un fonds de réserve de* 8000 *francs* DESTINÉ A FAIRE FACE A DES DÉPENSES NON PORTÉES AU BUDGET, donnaient à entendre qu'on en abusait pour satisfaire à *des dépenses occultes*, nous protesterions contre une telle interprétation, en affirmant qu'en tout temps *la réserve n'a été employée* qu'à satisfaire à des dépenses portées au budget et auxquelles un crédit trop faible était attribué, qu'en *conséquence une telle interprétation serait une calomnie.*

ARTICLE 4.

Traitements conservés à des employés infirmes.

RAPPORT (Page 28).

66. *Divers préposés, qui, par suite de leur âge ou de leurs infirmités, ont cessé d'être en activité, sont portés sur les états d'appointements ou sur les rôles de journées et reçoivent un salaire comme s'ils étaient encore employés réellement. Quelque intéressante que soit la position de ces préposés, il est impossible d'admettre un pareil mode de rémunération.* (Rapport, p. 28.)

RÉPONSE.

67. Cette observation du Rapporteur, relative à la partie financière du Muséum, est la seule qui soit fondée. Car, en effet, à l'époque où le Rapport fut écrit, en 1858, trois employés fort âgés, incapables de travailler par cause d'infirmité, et dénués d'ailleurs de tout moyen d'existence, avaient été, en considération de très-longs et excellents services, conservés sur les états avec des traitements réduits.

Cet état de choses, tout fâcheux qu'il était au point de vue de la rigueur des règles, n'aurait pu être évité qu'en renvoyant ces malheureux vieillards, dont l'un avait perdu la vue et comptait soixante ans de service au Muséum, et c'est ce que l'Administration n'avait pas voulu faire par des sentiments d'humanité et d'équité qui ne demandent pas de justification.

68. Heureusement, la bienveillance du Ministre y a mis un terme. Ces vieux serviteurs, dont un seul vit encore, furent admis à faire valoir leurs droits à la retraite, et deux des pensions obtenues dépassaient les traitements correspondants que le Muséum leur accordait comme secours indispensable.

ARTICLE 5.

D'un déficit évalué à 25000 francs par le Rapporteur.

RAPPORT (Page 28).

69. *Pour couvrir ces opérations,* dit le Rapporteur, *on élève le chiffre des crédits insuffisants en proportion du surcroît de la dépense.*

Ces virements, la formation, l'emploi de réserves, tout s'effectue en dehors de l'autorisation du Ministre.

L'équilibre entre les recettes et les dépenses s'en ressent nécessairement parfois; c'est ainsi qu'il existera, à la fin de 1858, *un déficit de* 25,000 *francs sur le matériel sans y comprendre la totalité des dépenses du chauffage pendant l'hiver.*

RÉPONSE.

70. Nous relevons deux inexactitudes dans ces allégations : l'une concerne l'évaluation d'un *déficit* que le Rapporteur estime devoir être de 25000 francs, tandis qu'en réalité il n'a été que de 14000 francs; l'autre concerne la cause du *déficit*, car ce n'était pas, comme on le prétend, quelques faibles traitements ne s'élevant pas ensemble à plus de 3000 francs, la formation de la réserve, l'imputation de journées d'ouvriers ou de gens de service sur le crédit du matériel, qui l'ont amenée. Ce *déficit* avait été prévu plusieurs années d'avance, comme en font foi trois lettres adressées au Ministre et datées du 26 de mai 1856, du 26 de novembre 1858, enfin du 22 de janvier 1859 (1).

71. Ces lettres montrent, en effet, que la cause première du déficit remonte à la réduction de 30000 francs que le budget du Muséum avait subie en 1848, et que, parmi les causes qui agirent plus tard, la principale fut l'augmentation du prix des denrées, qui se fit sentir pendant plusieurs années par suite des mauvaises récoltes.

Article 6.

Remarque relative à des déclarations faites au Rapporteur par des Aides-Naturalistes.

RAPPORT (Page 28).

72. *Le service du Muséum est régi par économie et les dépenses doivent être ordonnancées, soit, pour celles qui sont relatives à un service, par le Professeur chargé de ce service, le Directeur et le Trésorier, soit, pour celles qui intéressent l'établissement entier, telles que le chauffage, par le Directeur, le Trésorier et le Secrétaire. Mais il n'en est pas toujours ainsi.*

Des Aides-Naturalistes auxquels on laisse le soin de l'ordonnancement ont souvent visé des mémoires de fournisseurs, certifié des livraisons d'objets achetés

(1) Nous les imprimons dans les Documents sous la désignation des lettres S, T, V.

ou de travaux commandés, et cela quelquefois, suivant leur propre déclaration, sans aucune connaissance des faits.

RÉPONSE.

73. Si le Rapporteur n'eût pas pris le parti de ne signaler que des fautes et des choses blâmables dans l'Administration du Muséum, nous nous ferions scrupule de relever quelques allégations inexactes dans le passage précité à cause de leur peu d'importance; quoi qu'il en soit, attaqués comme nous le sommes, nous ne pouvons perdre l'occasion de montrer que le sujet de l'enquête n'a pas toujours été suffisamment approfondi par la critique pour n'en tirer que des vérités. Nous faisons donc remarquer que les dépenses d'un service spécial ne sont point ordonnancées par le Directeur ou le Trésorier, comme on l'a dit, mais qu'elles le sont par le Professeur chargé de ce service spécial dont il a la responsabilité. Le Directeur et le Trésorier, en apposant leur signature aux pièces relatives à ces dépenses, témoignent seulement que les règles d'administration et de comptabilité ont été observées. L'exécution des opérations concernant les dépenses ordonnées par un Professeur appartient à l'Aide-Naturaliste attaché à la chaire de ce Professeur. L'Aide-Naturaliste doit, sous sa propre responsabilité, diriger et surveiller les travaux, vérifier et recevoir les fournitures, seulement quand il les trouve bonnes; inscrire les objets aux Catalogues et aux inventaires; enfin il doit encore certifier sur les pièces des dépenses que ces opérations ont été faites.

74. Le Rapporteur ajoute que des Aides-Naturalistes ont déclaré avoir certifié des livraisons d'objets achetés ou de travaux commandés sans qu'ils eussent aucune connaissance des faits. Ne pouvant douter, d'après l'affirmation du Rapporteur, de la réalité de ces déclarations qui semblent atteindre un Professeur, nous dirons que, dans le cas actuel, une enquête sérieuse eût dû avoir deux résultats avant que de tels faits eussent été rendus publics :

1° Un blâme à l'égard de l'Aide-Naturaliste qui reconnaissait avoir manqué à son devoir ;

2° Une recherche dont le but eût été de savoir s'il y avait deux coupables, un Aide-Naturaliste trop faible ou trop complaisant, et un Professeur ayant lui-même manqué à son devoir. Et certes, dans notre manière de voir, nous nous serions gardé de blâmer une enquête qui eût donné la *preuve d'une faute commise par un Professeur*. Nous aurions préféré un tel résultat à une enquête interrompue qui fait planer des soupçons sans atteindre aucun coupable.

§ IV.

Résumé et Conclusions générales.

75. La diversité des services du Muséum place cet établissement dans une condition particulière, et donne la raison du maintien jusqu'à ce jour de son mode d'Administration, qu'on dit être exceptionnel.

Effectivement, la diversité des services concernant des Collections de livres, de dessins, de minéraux, de fossiles, d'herbiers, de pièces d'anatomie, d'animaux, de plantes vivantes et d'animaux vivants, en outre l'enseignement attaché à chaque service, et les recherches scientifiques de tout temps considérées comme obligatoires aux fonctions de Professeur, constituent un ensemble dont la complexité est si variée, qu'elle fait du Muséum un établissement à part, lorsqu'au point de vue administratif on le compare à un *établissement homogène* dont l'Administration réside dans un chef unique.

76. L'institution du Muséum, avons nous-dit (**4**), est scientifique avant tout, comme le témoignent les paroles suivantes :

« Vous verrez, Messieurs, dans les règlements que nous vous présentons, » que l'établissement du Jardin des Plantes ne devant renfermer que des sa- » vants et ne devant être destiné qu'à l'enseignement, il est nécessaire que » son Administration soit confiée aux Professeurs chargés de l'instruction » publique, réunis en Assemblée, et présidés par l'un d'eux, qu'ils nomme- » ront leur Directeur pour un an et qu'ils pourront continuer une seconde » année... »

Qui prononcent ces paroles?

Les Officiers du Jardin du Roi et du cabinet d'Histoire naturelle : Daubenton, Lemonnier, Portal, Mertrud, Van Spaendonck, A.-L. Brongniart, de Lamarck, Desfontaines, Faujas, A. Thouin, Fourcroy, Lacépède, de Jussieu.

A qui les adressent-ils?

A Messieurs les Membres de l'Assemblée constituante.

A quelle date?

A celle du 23 d'août 1790 (1). Et nous faisons la remarque, à propos de

---

(1) Brochure publiée en 1790, chez Buisson, à Paris, sous le titre de *Adresses et projet de règlement présenté à l'Assemblée nationale par les Officiers du Jardin des Plantes et du Cabinet d'Histoire naturelle, d'après le décret de l'Assemblée nationale du 20 août 1790.*

cette date, que si le décret qui créa le Muséum d'Histoire naturelle est du 10 de juin 1793, il repose sur les principes du projet présenté à l'Assemblée nationale le 23 d'août 1790.

77. C'est donc la science qui a présidé à l'institution du Muséum, c'est donc elle qui l'a divisée en autant de services qu'il y a de chaires, et c'est en son nom que ceux qui en étaient les organes ont déclaré la nécessité de faire administrer le Muséum par les Professeurs chargés de l'enseignement! Et en effet, après une expérience de 70 ans, nous ne pouvons concevoir un mode meilleur d'Administration, surtout en tenant compte des critiques injustes dont il a été l'objet, et du mode ancien auquel on a proposé de revenir. Ce n'est qu'en envisageant l'Administration du Muséum à un point de vue restreint, en ne tenant compte que de la *condition des collections à conserver* et en fermant les yeux sur les moyens de les accroître, la possibilité d'en former de nouvelles, l'enseignement et les recherches scientifiques à entreprendre (**2**), qu'on peut penser à charger un seul homme de cette Administration; car quel qu'il soit il sera toujours forcé, sinon à l'égard de toutes les parties, du moins à l'égard du plus grand nombre, de s'en rapporter à une compétence étrangère à la sienne, c'est-à-dire, en dernier lieu, à des Professeurs. Dès lors, n'est-il pas plus simple que les besoins de la science, dont les Professeurs-Administrateurs sont les vrais appréciateurs, soient présentés directement par eux au Ministre, au lieu de l'être par un intermédiaire incapable de les apprécier, du moins eu égard au plus grand nombre?

78. Mais nos adversaires nous reprochent de ne considérer que la science, et de méconnaître la nécessité d'un chef unique, quand il s'agit de garantir à l'État la bonne gestion d'un établissement dont le budget s'élève à 500000 francs, et ils allèguent en faveur de leur thèse que l'*unité* est le *caractère* d'une Administration responsable en même temps que l'*attribut* de la force dont la responsabilité d'un chef unique fait une nécessité.

79. Loin de contester cette allégation, nous la croyons juste en ce qui concerne une *Administration homogène*, dont les parties, parfaitement connues d'un chef unique, rendent ce chef juste appréciateur de tous les actes des employés ou agents de son Administration. A cette condition, il est le plus apte de tous à savoir le genre de direction convenable à suivre, et dès lors il doit avoir la force nécessaire pour que cette direction ne dévie pas de la ligne qui convient à l'État.

80. Nous nous sommes suffisamment expliqué sur la *complexité* et l'*hétéro-*

généité de l'*Administration* du Muséum pour reconnaître qu'un chef unique soit capable de prononcer sur les questions qui ressortissent à chacun des services attribués à un Professeur, et que dès lors ce chef unique présente à l'État la garantie sérieuse existant dans la personne intelligente qui est le chef d'une *Administration homogène*.

81. Examinons maintenant si un chef unique et permanent de l'Administration du Muséum, investi d'une *grande force*, comme il importe de la donner au chef unique d'une *Administration homogène*, présenterait quelque utilité à l'État. Nous ne le pensons pas, d'après les motifs que nous allons résumer.

82. Les crédits du Muséum sont trop variés, et un trop grand nombre d'entre eux peuvent être définitivement arrêtés, pour que la présence au Muséum d'un Administrateur unique, investi d'un grand pouvoir, soit réellement justifiée.

En effet, le projet de répartition des crédits alloués au Muséum une fois présenté au Ministre et devenu *budget officiel*, que reste-t-il à discuter, *hors des crédits définitivement arrêtés, et qui ne varient d'un budget à l'autre qu'excessivement rarement* (**52**)? Cette *réserve* (article 3), dont le taux n'a jamais dépassé 10 000 francs, et qui quelquefois n'a été que de 4000 à 5000 francs. Un tel état de choses pourrait-il être allégué pour motiver la nécessité d'un chef unique?

83. Nous avons montré le mode actuel de l'Administration comme une nécessité résultant du nombre des services divers du Muséum auxquels il faut subvenir, et nous en avons tiré la conséquence qu'un chef unique, loin de présenter à l'État une meilleure garantie de bonne gestion que le mode actuel, en donnerait une moindre, en ayant égard, bien entendu, aux cinq conditions auxquelles l'Administration doit satisfaire d'après son institution toute scientifique (**4-76**). Il nous reste à justifier ce que nous avons avancé en considérant le mode actuel comme se prêtant à toutes les garanties que l'État peut désirer de la bonne Administration du Muséum.

84. Nous citerons comme preuves les faits suivants produits, soit depuis le décret du 9 de mars 1852, soit depuis l'enquête de 1858.

Le Ministre nomme à tous les emplois du Muséum portés sur les états, d'après la présentation faite par l'Assemblée des Professeurs-Administrateurs, depuis l'Aide-Naturaliste jusqu'au garçon de laboratoire et au portier.

Le Ministre reçoit une copie du procès-verbal de chaque séance, après qu'il a été adopté par l'Assemblée.

Il est donc instruit de toutes les décisions prises; il lui serait donc possible de faire connaître à l'Assemblée du jour au lendemain tout ce qu'il jugerait blâmable et contraire aux règlements ou à l'ordre.

L'Assemblée ne fait aucun échange d'objets des Collections un peu considérable, aucune acquisition importante, sans en faire l'objet d'une communication directe au Ministre, afin d'obtenir une autorisation d'exécution.

La réserve, faisant partie de l'état de répartition des crédits pour chaque budget, lui est soumise, et il est toujours instruit de l'usage qu'on en fait par le procès-verbal, ou, s'il s'agit d'une acquisition de quelque importance, par l'autorisation spéciale qu'on lui demande.

85. D'un autre côté, le Directeur, toujours aux ordres du Ministre, peut lui donner à tous les moments les éclaircissements, les renseignements provoqués par des incidents quelconques, qu'il veut avoir sur les affaires du Muséum; nous demandons quels sont alors les abus qui seraient compatibles avec ce mode d'Administration et quels sont ceux que l'on pourrait soustraire à la connaissance du Ministre?

Achevons d'exprimer toute notre pensée. Les Professeurs-Administrateurs, loin de redouter l'intervention du Ministre dans les affaires de leur administration, sont les premiers à la désirer, avec leur conviction qu'ils n'ont qu'à y gagner et qu'il ne peut y avoir, en définitive, d'autre Directeur suprême du Muséum que le Ministre lui-même.

E. Chevreul.

DEUXIÈME SECTION.

RÉPONSES AUX PASSAGES PRINCIPAUX DU RAPPORT QUI CONCERNENT LES SERVICES SPÉCIAUX DU MUSÉUM (1).

1° ANATOMIE COMPARÉE.

RAPPORT (Page 7).

Beaucoup de lacunes se font remarquer dans la Collection de l'Anatomie comparée. Elles résultent en partie des prêts faits aux Professeurs. Les prêts constatés s'élevaient, le jour de la vérification, à 166 *sans compter ceux, en petit nombre, il est vrai, qui avaient été faits au dehors.*

RÉPONSE.

§ 1. Dès le début de ses observations la Commission semble méconnaître la destination et le but élevé du Muséum d'Histoire naturelle et de ses Collections. Elle blâme ce qu'elle aurait dû louer si elle s'était pénétrée des exigences du haut enseignement confié aux Professeurs de cet établissement. En effet, les pièces absentes de la Collection au jour de la vérification de la Commission s'élevaient au nombre de 166, et on s'en étonne dans le Rapport en attribuant cette absence à des prêts; mais si la Commission eût jeté les yeux sur le tableau indicatif qui lui était présenté, elle aurait vu que de ces 166 pièces, 159 étaient de service dans les amphithéâtres et salles où ont lieu les leçons publiques : 60 étaient au cours d'Anatomie comparée, 42 au

(1) Les réponses relatives à chacun des services spéciaux du Muséum ont été rédigées par celui des Professeurs-Administrateurs qui, à raison de la nature de la chaire qu'il occupe, est chargé de la direction de ce service, savoir : par M. Serres, professeur d'Anatomie comparée; M. de Quatrefages, professeur d'Anthropologie; M. Milne Edwards, professeur de Zoologie, chargé de la Ménagerie; M. Duméril, professeur de Zoologie (Reptiles et Poissons); M. Blanchard, professeur de Zoologie (Insectes et Crustacés); M. Valenciennes, professeur de Zoologie (Annélides, Mollusques et Zoophytes); M. Brongniart, professeur de Botanique; M. Decaisne, professeur de Culture; M. Daubrée, professeur de Géologie, et M. Delafosse, professeur de Minéralogie.

cours de Mammalogie et d'Ornithologie, 37 au cours de Malacologie, et 20 au cours d'Anthropologie; non-seulement elle eût constaté par cet examen le zèle que portent les Professeurs à la solution des hautes questions de leur enseignement, mais elle eût constaté de plus une des causes les plus actives de la détérioration de la Collection d'Anatomie comparée; car indépendamment de la démonstration donnée par le Professeur, ne sait-on pas qu'à la suite de la leçon l'exposition spéciale des pièces en est le complément habituel et nécessaire. Les élèves s'approchent alors de la chaire, et le Professeur, assisté de l'Aide-Naturaliste et des préparateurs, démontre par les faits ce qui a été exposé par la parole.

Arrivons à un autre point. M. le Rapporteur parle des prêts qui se font au dehors. Mais à qui ces prêts sont-ils faits? Le public du Muséum ne se compose pas seulement de savants, il comprend aussi des artistes, et ces artistes sollicitent souvent le prêt de squelettes et de pièces anatomiques, qui leur fournissent dans beaucoup de cas des renseignements indispensables. Ainsi, le jour où la Commission fit sa vérification, trois pièces avaient été prêtées : deux squelettes, l'un de loup, l'autre de cerf, étaient entre les mains d'un statuaire, M. Rouillard, employé alors aux travaux du Louvre; et les préparations relatives à la myologie du Magot avaient été confiées à M. Daremberg, qui poursuivait alors les recherches qu'il a publiées sur les œuvres anatomiques de Gallien et qui avait besoin de ces objets pour les comparer au texte descriptif de son auteur; ainsi les pièces prêtées servaient à l'art et à l'histoire de l'Anatomie : or, je le demande, pourrait-il être permis à l'Administration du Muséum de ne pas venir en aide aux travaux d'art et de science qui s'accomplissent autour d'elle?

RAPPORT (Page 7).

Ces prêts sont effectués sans règles, sans fixation de durée (quelques-uns remontent à huit ans), sans inscription, sans aucun registre. La mémoire du garde des galeries supplée seule à l'inscription; aussi plusieurs objets ont-ils disparu à diverses époques, sans qu'on puisse en retrouver la trace.

RÉPONSE.

§ 2. Les Collections d'Anatomie du Muséum comprenaient au début un assez petit nombre d'objets, et en raison de ce petit nombre on n'avait pas senti d'abord la nécessité d'un registre où les entrées et les sorties seraient constatées. Mais les Collections augmentant, quelques lacunes ayant d'ailleurs été reconnues, on comprit bientôt qu'il fallait une inscription régulière des prêts, et depuis plus de trente ans ces inscriptions ont été faites. C'est ainsi que nous trouvons dans les archives de la galerie trois journaux écrits de la main de feu M. Laurillard : le premier comprend les prêts faits de 1824 à 1836, le second va de 1836 à 1845, et le troisième de 1845 à 1852. A partir de 1852 cet ordre de choses s'est encore perfectionné, et depuis cette époque le garde de la galerie inscrit les objets remis aux huit Professeurs, qui pour le service de leur enseignement public ont habituellement recours aux Collections d'Anatomie, sur huit registres spéciaux à chacun d'eux, et sur ces registres les jours de sortie et de rentrée sont scrupuleusement indiqués. Ainsi, à l'époque où le Rapport était écrit, il y avait des règles suivies depuis trente-quatre ans; les inscriptions étaient faites avec exactitude, et nul Professeur n'échappait à ces règles. Or, l'on peut voir que plus les difficultés sont devenues grandes, plus les procédés d'inscription se sont perfectionnés.

RAPPORT (Page 7).

Un grand nombre de pièces sont en outre incomplètes : on compte, par exemple, dans les galeries seulement, soixante-dix squelettes auxquels, suivant un tableau officiel qui nous a été présenté, il manque des parties essentielles. Le garde des galeries évalue, en moyenne, les incomplets au quart de la Collection, notamment dans la salle des Cétacés et des Animaux carnassiers. Quelque part de ces détériorations qu'on doive attribuer au temps et à l'usage, on ne saurait s'empêcher de regretter l'insuffisance des moyens employés pour y remédier.

RÉPONSE.

§ 3. Le Rapport dit :

Un grand nombre de pièces sont en outre incomplètes. Mais peut-il en être autrement des pièces qui proviennent de l'ancien cabinet de Buffon, et que le temps, et surtout l'usage, ont détériorées? peut-il en être autrement de celles qui ont servi aux travaux de Cuvier, de Geoffroy Saint-Hilaire, de Blainville, de Duvernoy, de Meckel, de Sœmmering, de Jacobson, et d'une foule d'autres anatomistes? Les noms de Buffon, de Daubenton, de Mertrud, de Vicq d'Azyr, et ceux des savants que nous venons de citer, ont donné à ces pièces un caractère historique; elles constituent en quelque sorte la partie archéologique de la Collection et nous les conservons dans l'état où elles se trouvent, avec un soin religieux, tout en regrettant la défectuosité actuelle de ces types, dont les débris mêmes sont précieux. Qui oserait, en effet, en altérer l'authenticité en remplaçant les parties essentielles qui manquent par des parties homologues empruntées à d'autres animaux de même espèce?

Quant au tableau de soixante-dix squelettes auxquels il manque des parties essentielles et que M. le Rapporteur dit avoir été officiellement présenté à la Commission, nous sommes encore à sa recherche et nous n'en trouvons aucune trace.

Revenons en particulier aux squelettes incomplets qui se trouvent dans la Collection d'Animaux carnassiers, et faisons remarquer que l'intérêt réciproque des différentes Collections du Muséum ne permet pas toujours de conserver les squelettes dans leur intégrité.

En effet, quand un animal meurt à la Ménagerie, deux Collections également importantes réclament les phalanges unguéales; une seule cependant peut les obtenir, et il faut opter pour les laisser, soit à la peau pour la Zoologie, soit au squelette pour l'Anatomie comparée. Cela est décidé entre les deux Professeurs, et leur décision est toujours déduite des besoins les plus pressants de l'une ou de l'autre des deux Collections; on voit donc comment et pourquoi plusieurs squelettes d'Animaux carnassiers, et beaucoup d'autres, sont, par la même raison, inévitablement incomplets.

RAPPORT (Pages 7 et 8).

Beaucoup d'objets appartenant à d'autres Collections figurent dans ces galeries où ils ne devraient pas être. De ce nombre sont : un Phoque, des animaux fossiles, des pièces du système dentaire et des organes de la vue et de l'ouïe, qui se trouvent dans la salle des Marsupiaux; des Mammifères, Hippopotames, Éléphants, têtes de Monstres, intestins d'Homme, qu'on rencontre dans la salle des Reptiles et des Poissons, etc.

Les inconvénients de ce mélange augmentent par le défaut d'espace et l'amoncellement qu'il occasionne. Si l'on tient compte en outre de la difficulté d'atteindre à la hauteur où sont placés un grand nombre d'objets, de l'absence d'étiquettes ou de leur peu de netteté, on juge combien laisse à désirer la commodité des études.

Un magnifique squelette de Baleine et quelques autres squelettes sont exposés dans une cour à toutes les intempéries de l'air, et aux dégradations qu'elles amènent. Une autre Baleine, objet rare et curieux comme le premier, et qui a coûté 5,000 *à* 6,000 *francs, est disposée, il est vrai, à couvert, mais sur les tirants d'un toit de hangar où sa conservation est menacée, et hors de la vue des naturalistes et du public.*

RÉPONSE.

§ 4. Ces différents passages constatent-ils seulement des faits? Renferment-ils des reproches? Nous expliquerons aisément les premiers, et nous montrerons combien les seconds, dans l'état actuel des choses, seraient peu fondés.

La Collection renferme des organes des sens, des intestins, des bois de cerf, des ossements fossiles. Mais depuis quand ces choses ont-elles cessé d'appartenir au domaine de l'Anatomie comparée? Ne sait-on pas qu'elle doit considérer également les formes extérieures et les détails les plus profonds de l'organisation animale? Ne sait-on pas qu'il n'y a aucune séparation possible entre l'étude des animaux vivants et celle des animaux fossiles, que l'une est la condition de l'autre, qu'elles se prêtent constamment un mutuel appui?

Il en est de même des pièces représentant la structure et le développement du système dentaire. Cet ordre de préparations appartient essentiellement à l'Anatomie comparée. Si leur placement n'a pas reçu une disposition méthodique, c'est qu'il fallait, bon gré mal gré, les loger, et qu'on ne pouvait le faire ailleurs.

Ne sait-on pas que dans un espace réduit, comme celui de la galerie d'Anatomie comparée, l'accumulation d'objets, dont les uns sont si petits et les autres gigantesques, entraine avec elle un certain mélange, et qu'alors la nécessité dicte la disposition et impose silence à la raison scientifique?

L'amoncellement des objets nécessité par le défaut d'espace est surtout nuisible à leur étiquetage. Comment placer des étiquettes détachées des pièces, quand ces pièces ne peuvent être placées et montées sur des plateaux qui les isolent suffisamment les unes des autres? Et de là, la nécessité où nous nous trouvons souvent d'inscrire sur les objets mêmes leur désignation. Sans cette précaution, leur confusion serait inévitable. Si c'est là ce que la Commission entend par *absence d'étiquettes*, on voit combien est peu fondée cette observation. Quant à leur défaut de netteté, l'humidité des lieux en est la seule cause, et nous y remédions en les renouvelant.

Néanmoins, l'Anatomie comparée, dont les progrès sont dus surtout au génie de la France, s'est illustrée au milieu de conditions si peu favorables par les travaux de Cuvier, et c'est, on peut le dire, du fond d'une écurie que sont sortis des oracles. Ne sait-on pas, en effet, que les bâtiments qu'occupe l'Anatomie comparée étaient autrefois les écuries et les greniers à paille de l'ancienne régie des fiacres de Paris? Ne sait-on pas qu'en raison d'une telle origine, le sol et les murs sont inévitablement pénétrés de salpêtre et d'humidité? Oublie-t-on que, malgré de si humbles conditions, c'est de cette enceinte qu'est sorti un ensemble de travaux qui a rempli l'Europe savante de son éclat, en donnant en même temps naissance à la classification méthodique du règne animal et à la restauration du monde antédiluvien?

§ 5. Qu'avons-nous besoin maintenant de parler de ce magnifique squelette de Baleine et de quelques autres que nous avions été forcés d'exposer temporairement dans la cour aux intempéries de l'air? Le travail scientifique doit-il s'arrêter devant l'insuffisance des locaux?

Quant à la peau de Baleine dont il est question dans le passage que nous venons de citer, je renverrai aux observations du Professeur de Zoologie (*voyez* § 28), en faisant remarquer en outre que ce n'est pas la peau seule de ce Cétacé que le Muséum a acquise : avec la peau se trouvait son squelette, aussi intéressant pour la science, et que nous avions dans nos magasins dans un état parfait de conservation.

RAPPORT (Page 8).

On remarque dans des laboratoires et des cabinets un grand nombre de caisses contenant : les unes, des pièces intéressantes qui ne sont pas inventoriées; d'autres, des restes non moins précieux des collections Jacquinot et Humbront (expédition de l'Astrolabe *et de* la Zélée) *et des voyages de M. Verreaux; d'autres, des amas confus d'ossements et de débris d'animaux, sans classification, sans indication de provenance, et parmi lesquels le Professeur lui-même reconnaît qu'il doit se trouver des objets rares et d'un grand intérêt.*

RÉPONSE.

§ 6. A ces observations, nous répondrons : Ces pièces et ces ossements, à la conservation desquels l'Administration du Muséum porte un grand intérêt, sont renfermés dans 370 grandes boîtes faites exprès, en 1856, fermées par un couvercle avec charnières et garanties de toutes manières contre l'action destructive des agents extérieurs.

Chaque boîte est numérotée, et elle porte une grande étiquette indiquant les noms des squelettes ou des ossements fossiles qui s'y trouvent renfermés.

La Commission de 1858 fit un examen très-circonstancié de cette partie de nos magasins. Les ossements fossiles fixèrent particulièrement son attention. Un de ses membres (M. le colonel Favé) désigna au hasard sept de ces boites pour examiner leur contenu, et dans toutes les pièces osseuses furent trouvées avec leurs étiquettes et la désignation de leur provenance.

Ainsi : 1° il n'existe pas dans la Collection et nos magasins des pièces intéressantes qui n'aient pas été inventoriées ; 2° dans les restes de la Collection Jacquinot et Hombron, nous avons signalé à la Commission l'existence de plusieurs squelettes complets dont nous regrettions, faute d'espace, l'absence dans la Collection ; 3° dans les restes de la Collection des voyages de M. Verreaux, nous lui avons également signalé l'existence dans les boîtes de 150 squelettes d'oiseaux de la Tasmanie, dans un état parfait de conservation, en lui exprimant encore le regret que nous éprouvions de ne pouvoir, faute de place, les mettre sous les yeux du public et des savants.

Enfin arrivons *à cet amas confus d'ossements et de débris d'animaux* (contenus dans un cabinet et dans des caisses) *sans classification, sans indication de provenance, et parmi lesquels le Professeur lui-même reconnaît qu'il doit se trouver des objets rares et d'un grand intérêt.* Nous répondrons à cette observation que l'intérêt même de ces pièces rend raison de leur encombrement et de l'état où elles se trouvaient. En effet, elles constituent une partie des matériaux qui servaient à M. de Blainville pour la rédaction de son grand ouvrage d'Ostéographie comparée, qui, comme on le sait, embrasse les ossements fossiles. Or, prévoyant sans cesse des recherches nécessaires pour la rédaction de ce grand travail, ce Professeur accumulait dans ce cabinet les débris des animaux qui mouraient à la Ménagerie : colonnes vertébrales, troncs dépourvus de tête et de membres provenant des animaux montés pour la Zoologie. La provenance de ces objets était donc connue, et un plomb numéroté, correspondant à celui du registre du laboratoire, en faisait connaître l'espèce et le classement. Sans cette précaution, à quoi eussent pu servir ces débris d'animaux ? à quoi eussent pu servir également les animaux entiers, à peine dégrossis, que renfermait ce cabinet ?

Quant aux nombreuses caisses qui se trouvaient dans ce magasin, elles contiennent les débris des roches d'où ont été extraits, depuis Cuvier, les ossements fossiles. Plusieurs fragments d'ossements sont encore renfermés dans cet amas de pierres, et ils sont sans classement ; car en Paléontologie, personne n'ignore que la détermination d'un ossement fossile exige préalablement qu'il soit dégagé de la gangue où il est renfermé.

Au reste, quelques mois avant la nomination de la Commission, j'avais commencé l'arrangement de ce magasin ; j'en avais déjà retiré le groupe des

Singes et des Carnassiers, ainsi qu'une partie des Pachydermes, parmi lesquels se trouvait, dans un état parfait de conservation, le squelette du cheval de bataille de Napoléon Ier, donné au Muséum par le baron de Montaran.

RAPPORT (Page 8).

Le laboratoire de dissection pour les grands animaux, dit le Pourrissoir, *a particulièrement fixé l'attention de la Commission : l'air, l'eau, les appareils d'assainissement, jusqu'à l'installation convenable d'une table de dissection, tout manque dans ce foyer d'infection, où la santé des opérateurs est exposée aux plus graves atteintes.*

RÉPONSE.

§ 7. Afin de répondre à cette observation, faisons remarquer d'abord que pour satisfaire aux besoins de l'enseignement, à ceux de la Collection d'Anatomie comparée, à ceux, surtout, créés par la Paléontologie, un nombre considérable de squelettes sont indispensables pour établir les comparaisons : or, on sait que pour faire des squelettes il est nécessaire de laisser putréfier les cadavres des animaux ; on sait de plus que les squelettes sont d'autant plus beaux, d'autant plus propres à l'étude et aux Collections, que la putréfaction des cadavres a été plus complète ; d'où il suit que, pour satisfaire à ce besoin impérieux de la science et de la Collection d'Anatomie comparée, il est nécessaire d'avoir un local, au Muséum, approprié à ce service. Ce local est le pavillon dont la description a été faite au Corps Législatif : il porte le nom de *Pourrissoir*, et ce nom seul exprime sa destination.

Ce réduit manque d'eau, a-t-on ajouté. Mais, sans eau, pourrait-on faire macérer des squelettes et surtout les squelettes des grands animaux ?

Comment la Commission n'a-t-elle pas vu dans ce *Pourrissoir* le gros robinet qui verse ce liquide en si grande abondance ?

A la vérité, les inconvénients qu'entraînait la dissection des grands animaux, tels que Girafes, Éléphants, Baleines, dans le voisinage des habitations, ainsi que les plaintes de la police à ce sujet, nous ont forcés à consacrer ce pavillon à leur dissection et à leur préparation anatomique. Or, quand ces cas très-rares se sont présentés, n'avons-nous pas réuni autour de ce travail toutes les conditions hygiéniques dont nous pouvions disposer : on en jugera par le fait suivant.

Reconnaissant par l'expérience que la putréfaction rapide des grands animaux était la cause principale de l'impossibilité où l'on était de faire des préparations anatomiques propres à être conservées dans la Collection, j'ai eu l'idée, en 1852, ainsi que nous le faisons depuis plusieurs années en Anatomie humaine, d'embaumer leurs cadavres par l'injection dans le système artériel de l'hyposulfite de soude. Par cette injection, faite avec nos appareils ordinaires, non-seulement la putréfaction est arrêtée, mais encore le Professeur et les préparateurs peuvent un mois entier les travailler sans inconvénients pour leur santé. C'est de cette manière et par ce procédé qu'ont été exécutées, en 1855, sous la direction du Professeur, les grandes et belles préparations de la Girafe.

§ 8. Les préparateurs ne manquent donc pas d'appareils d'injections. On a parlé, il est vrai, devant la Commission, d'un appareil propre à injecter les grands animaux. Mais y a-t-il, peut-il y avoir même un appareil d'injections propre à injecter les systèmes artériel et veineux d'un Éléphant, ceux d'une Girafe ou d'une Baleine? Ne sait-on pas qu'en Anatomie humaine même, nous sommes souvent obligés de faire des injections partielles et successives, surtout quand nous voulons injecter le système veineux? Or, c'est toujours et uniquement par ce procédé, c'est-à-dire par injections successives, que l'on injecte les grands animaux à l'aide de nos appareils ordinaires.

RAPPORT (Page 8).

Enfin il n'existe presque nulle part, dans la Collection d'Anatomie comparée, ni inventaire, ni Catalogue, sauf celui fait du temps de Cuvier, et le Catalogue de la Collection crânioscopique de Gall, qui l'a écrit de sa main, sans qu'on y ait rien ajouté depuis, malgré l'augmentation des richesses de la Collection.

RÉPONSE.

§ 9. Nous répondrons à cette observation qu'il existe plusieurs Catalogues dans les archives de la Collection d'Anatomie comparée : le premier, établi par Cuvier, est consigné dans les Annales du Muséum, en 1803; le second est un résumé du Catalogue publié en 1823, par Deleuze; le troisième a été publié par M. Laurillard, en 1833, après la mort de Cuvier; le quatrième est en manuscrit : il a été fait, d'après les indications de Blainville, par M. Botta, dans l'ordre physiologique; le cinquième, enfin, en manuscrit également, consiste dans un commencement de Catalogue des squelettes et têtes de Mammifères, dressé sous la direction de M. de Blainville, par MM. Gervais et Desmarets. Ces divers Catalogues ont été mis sous les yeux de la Commission.

Le fait suivant montrera en outre le vif désir des Professeurs d'Anatomie comparée, pour remplir cette partie de leurs obligations. A-t-on oublié, en effet, que lors de la création de la chaire de Paléontologie, on a retiré un préparateur à l'Anatomie comparée pour l'attacher à cette nouvelle chaire? Or, qui ne se rappelle, dans notre Assemblée, les vives instances que faisait mon prédécesseur, M. Duvernoy, pour que ce préparateur fût rendu à notre laboratoire? Qui ne se rappelle qu'il insistait particulièrement sur le besoin qu'il en avait pour inventorier et dresser un Catalogue général de la Collection et des magasins? Est-ce la faute de l'Administration du Muséum si, par le manque de fonds, nous attendons encore que ce préparateur soit rendu à la chaire d'Anatomie comparée?

Quant à la Collection crâniologique de Gall, elle n'a pas dû être augmentée, et elle restera, ainsi que son Catalogue, dans l'état où l'a reçue le Muséum, par la raison que c'est un monument historique auquel on ne peut toucher.

« Dans l'état présent, ai-je dit à la Commission, il faut savoir, et beaucoup » savoir, pour pouvoir se reconnaître dans la galerie. »

§ 10. Et en effet, les Professeurs-Administrateurs se sont souvent plaints du défaut d'espace qui les met dans l'impossibilité de ranger suivant l'ordre méthodique toutes les pièces dont se compose cette immense Collection. Il a fallu mettre à profit tous les coins, et par conséquent placer beaucoup d'objets hors rang. De là les difficultés que les personnes étrangères à l'Anatomie peuvent éprouver dans les recherches qu'elles auraient à faire dans la galerie anatomique du Muséum.

En terminant l'examen de cette Collection, la Commission a exprimé le vif regret qu'elle ne renfermât aucune préparation microscopique.

Les préparations microscopiques ne peuvent être vues qu'à l'aide d'un microscope, et par conséquent ne doivent pas être placées dans une galerie publique où le microscope ne saurait être employé; cet instrument se trouve dans le cabinet d'étude du Professeur, et c'est là que se trouvent aussi les préparations microscopiques que nous possédons.

En dernier lieu, que déduire de ce qui précède? Évidemment ce qu'en a déduit depuis vingt ans l'Administration du Muséum, en sollicitant auprès du Gouvernement l'agrandissement des locaux destinés à loger les objets dont se compose l'Anatomie comparée. Cet agrandissement, que réclament impérieusement les besoins de la science, est l'unique moyen d'obtenir l'espace nécessaire à l'exposition méthodique de la structure et de la composition des êtres du règne animal, dont le but définitif est d'expliquer l'ordre divin de la création.

2° PALÉONTOLOGIE.

Ossements fossiles.

RAPPORT (Pages 9 et 10).

L'exhibition paléontologique occupe une partie de la belle galerie de Minéralogie et de Géologie : elle comprend 30,000 *pièces environ dont il n'y a pas d'inventaire. Les acquisitions nouvelles s'inscrivent sur un registre, mais depuis* 1850 *seulement; du temps de Blainville, il n'était tenu compte de ces acquisitions que sur des feuilles volantes.*

Les Professeurs possèdent des doubles clefs des vitrines; lorsqu'ils ont besoin, pour leurs cours du Muséum ou de la Sorbonne, des pièces de la Collection, ils les empruntent sans avoir à remplir aucune formalité.

Les cabinets d'étude de Paléontologie sont exigus et mal appropriés à leur destination. Des caisses numérotées contiennent, sans classement, des os qui proviennent des Collections Lartet et Bravard.

Six caisses d'ossements fossiles préparés par Cuvier attendent depuis plusieurs années leur réintégration à la place qu'elles doivent occuper. La même observation s'applique à des objets successivement reçus en 1851-52-54 *; plusieurs ont leur importance, et sont enfermés encore dans le même état où ils ont été apportés au Muséum.*

RÉPONSE.

§ 11. 1° Le Rapport évalue à 30,000 le nombre des pièces que renferme la Collection des ossements fossiles; la Commission se trompe. Ce nombre ne s'élève qu'à 12,069, chiffre que nous a donné la rédaction de l'inventaire spécial de la Collection, c'est-à-dire 17,931 de moins que ne le suppose le Rapport.

En outre, nous possédons dans les archives du laboratoire d'Anatomie comparée et dans celles de l'Administration du Muséum : 1° le Catalogue de la Collection de l'abbé Croizet; 2° celui de la Collection Bravard; 3° celui de la Collection de M. Lartet; 4° celui de la Collection faite à Sansan par M. Laurillard; 5° celui de la Collection faite dans la même localité par MM. Serres et Merlieu; 6° enfin celui de la Collection Seguin, acquise il y a quelques années par le Gouvernement. Le double de ces Catalogues a été envoyé par l'Administration du Muséum au Ministère de l'Instruction publique.

§ 12. 2° *Les acquisitions nouvelles s'inscrivent sur un registre*, dit le Rapport; mais on oublie d'ajouter que cette inscription présente l'indication précise et la détermination des objets acquis. Ce registre est en quelque sorte la base fondamentale de la responsabilité de l'Administration du laboratoire d'Anatomie comparée.

§ 13. 3° Le Rapport dit encore : *Les Professeurs possèdent des doubles clefs des vitrines*. C'est une erreur. Les Professeurs de Paléontologie, de Géologie et d'Anatomie comparée, qui sont spécialement chargés de la conservation de cette Collection, sont les seuls qui aient ces clefs à leur disposition pour les besoins du service.

§ 14. 4° Nous ne connaissons pas les cabinets d'étude de Paléontologie dont parle le Rapport. Selon toute apparence, il indique comme tels les pièces de nos magasins où sont contenues les boîtes numérotées dont il a été question plus haut, renfermant une partie des os fossiles exactement déterminés provenant des Collections Lartet et Bravard.

§ 15. 5° Enfin, au moment de la vérification, les six boîtes contenant les Lophiodons étaient en réparation pour être disposées dans des vitrines d'un format plus grand; changement nécessité, d'une part, par la disposition actuelle de la galerie, et d'autre part par l'acquisition d'un grand nombre de pièces nouvelles de ce groupe de Fossiles, qu'il était indispensable d'y placer.

La même observation, ajoute le Rapport, c'est-à-dire la réintégration à la galerie des objets reçus en 1851, 52 et 54, est inexacte : nulle des pièces acquises dans ces années n'ayant été retirée de la Collection. Néanmoins si la Commission a voulu dire que les pièces reçues en 1851, 52 et 54 sont restées enfermées dans le même état où elles ont été apportées au Muséum, elle se trompe encore. En effet, on a reçu, de 1851 à 1854, 3,069 pièces fossiles qui toutes ont été étudiées et cataloguées. Sur ces 3,069 pièces, 1,311 étaient dans la Collection lors de la visite de la Commission, et 1,758 sont restées disposées avec soin dans les magasins.

Nous terminerons notre réponse au Rapport de la Commission de 1858 par une observation relative à la Paléontologie :

Cuvier a légué au Muséum sa belle Collection des ossements fossiles. Fière de ce dépôt précieux, l'Administration de cet établissement, secondée par la bienveillance du Gouvernement, l'a non-seulement conservé, mais en a plus que doublé la richesse. Toutefois, renfermés dans les étroites limites qui nous sont imposées par l'insuffisance des locaux, nous avons été, à notre grand regret, obligés de laisser dans nos magasins une grande partie de ces acquisitions. Espérons que, pour satisfaire aux besoins de la science et à la tendance des esprits vers l'étude de la Paléontologie, nous pourrons un jour ajouter encore à nos richesses et les exposer dans le meilleur ordre, dans des locaux plus vastes, et par conséquent mieux appropriés à l'état actuel des choses et aux progrès incessants que nous devons prévoir. L'étude de cette Collection si précieuse deviendra ainsi plus facile, et il sera permis d'aborder de front les grands problèmes relatifs à l'histoire des Faunes éteintes.

3° MINÉRALOGIE.

RAPPORT (Page 9).

On trouve dans un magasin qui fait suite au laboratoire, et parmi un grand nombre d'échantillons anciens non catalogués, une Collection géologique d'Haüy. Son origine lui mériterait une place plus convenable, qu'il ne serait peut-être pas impossible de lui donner dans la galerie, en faisant disparaître des doubles ou des pièces moins importantes.

RÉPONSE.

§ 16. La Collection dont il s'agit n'est pas une Collection géologique, mais une distribution minéralogique des roches, formée par Haüy, pour faire suite à sa classification des minéraux. Dufrénoy ne l'avait pas jugée d'une importance assez grande pour mériter d'être exposée publiquement; elle n'offrait plus, suivant lui, qu'un intérêt purement historique, et ne devait être consultée que dans des cas fort rares, par les savants de profession. Aussi avait-il résolu de la conserver dans un des meubles à tiroirs de la galerie de Minéralogie ou de l'un des couloirs attenant à cette galerie. Le Professeur actuel a cru devoir la placer dans le vestibule, au-dessous des vitrines qui renferment la Collection de minéraux d'Haüy, dont elle n'est qu'un appendice.

4° GÉOLOGIE.

RAPPORT (Page 10).

L'état des échantillons ne laisse rien à désirer; mais on regrette qu'un certain nombre d'entre eux manquent d'étiquettes et ne portent qu'un numéro d'ordre.

RÉPONSE.

§ 17. La réponse est tout entière dans ce fait, qu'à son arrivée au Muséum, en 1819, M. Cordier n'avait trouvé que quelques centaines d'échantillons, et que, d'année en année, il en porta le nombre à plus de deux cent mille.

Beaucoup de ces échantillons ont été recueillis par M. Cordier lui-même, dans les voyages qu'il faisait annuellement, et qu'avec une ardeur toute juvénile il continua jusqu'au terme de sa longue carrière. Les autres ont été rapportés de toutes les régions du globe, bien souvent sur sa demande et d'après ses instructions, par des naturalistes.

L'affluence de ces richesses a été si rapide à plusieurs époques, que le personnel qui était attaché au laboratoire de Géologie ne pouvait pas toujours suffire à tout, malgré son zèle, et tenir à jour l'exécution des étiquettes. Aussi, à un instant donné, un certain nombre d'échantillons, tout en étant déjà catalogués avec soin, pouvaient ne porter encore que les numéros d'ordre correspondants au Catalogue; mais cette lacune, commandée par l'activité même qui régnait dans l'accroissement des Collections, était tout à fait momentanée. Chacun connait, en effet, l'ordre parfait que M. Cordier avait introduit dans tous ces arrangements.

Relativement au grand nombre des Catalogues, on ne peut que reproduire l'affirmation de M. Cordier, qu'ils ne causent ni embarras ni confusion, car ils se rapportent à une Table générale qui permet toujours de se guider facilement. Ces Catalogues spéciaux et isolés, relatifs aux Collections d'une contrée, sont accompagnés d'indications variées, souvent de dessins et de cartes, et forment de véritables monographies locales qui complètent de la manière la plus instructive l'étude des Collections.

5° ZOOLOGIE.

RAPPORT (Page 10).

La Commission a remarqué avec étonnement l'absence d'un local spécial pour les quatre cours dont se compose l'enseignement zoologique. Les Professeurs réclament avec une vive instance la construction d'un amphithéâtre, et nous ne pouvons que nous associer à leur désir.

RÉPONSE.

§ 18. Les cours dont il est ici question se font dans les salles de la galerie zoologique, parce qu'il serait impossible de transporter dans les amphithéâtres, situés loin de ce bâtiment, les objets de démonstration appartenant aux Collections, sans nuire beaucoup à la conservation de celles-ci. La construction d'un amphithéâtre, attenant à la galerie de Zoologie, est demandée par les Professeurs depuis plus de vingt ans.

M. le Rapporteur ne fait pas d'autre remarque générale sur le Musée Zoologique qui constitue une des parties les plus importantes de l'établissement dont il rend compte; mais dans l'Appendice placé à la suite de notre Mémoire, nous suppléerons à son silence en plaçant sous les yeux du lecteur un tableau sommaire de ce qu'étaient nos Collections à diverses époques plus ou moins éloignées et ce qu'elles sont aujourd'hui (*voyez* l'Appendice, n° 1, page 91).

MAMMIFÈRES ET OISEAUX.

RAPPORT (Page 10).

La Collection des Mammifères et Oiseaux est dispersée dans vingt-quatre pièces, quelquefois humides et incommodes, mais toutes encombrées, notamment celles des Ruminants et Animaux domestiques.

RÉPONSE.

§ 19. Les Professeurs-Administrateurs ont souvent appelé l'attention de l'autorité supérieure sur l'insuffisance de l'édifice qui, vers le milieu du siècle dernier, constitua le cabinet d'Histoire naturelle fondé par Buffon, et qui, considérablement agrandi en 1808, est aujourd'hui consacré exclusivement aux Collections zoologiques. Mais ce que M. le Rapporteur en dit nous semble devoir en donner une idée fausse, et nous avouons ne pas être assez versé dans l'art de grouper les chiffres pour comprendre comment la Commission a pu être conduite à dire que la Collection des Mammifères et des Oiseaux se trouve *dispersée dans vingt-quatre pièces.*

Voici l'état des choses :

La Collection ornithologique du Muséum est réunie dans la portion moyenne d'une galerie unique de l'édifice susmentionné. Quatre-vingts armoires vitrées y sont consacrées.

La Collection des Mammifères occupe les deux extrémités du même étage; deux salles de l'étage situé au-dessous, ainsi que les paliers de l'escalier principal qui fait communiquer ces étages entre eux; enfin une portion du vestibule situé au rez-de-chaussée dans le même bâtiment.

La *dispersion* de la Collection des Mammifères et des Oiseaux est donc loin d'être aussi grande que sembleraient l'indiquer les chiffres présentés par M. le Rapporteur.

Les laboratoires de taxidermie, où se fait la préparation des objets destinés à prendre place dans les Collections mammalogique et ornithologique ainsi que les cabinets de travail où se poursuivent les études nécessaires pour la détermination scientifique des mêmes objets, sont situés dans le bâtiment de l'Administration, à côté des principaux magasins où l'on range, soit les peaux destinées à être montées pour le service de la Collection et les pièces de démonstration qui servent aux leçons du Professeur, soit les objets qui doivent être réformés ou qui sont réservés pour être donnés aux Musées des départements.

Il serait fort possible qu'en comptant ces locaux, ainsi que les caves et les greniers qui en dépendent, on arrivât au chiffre indiqué par M. le Rapporteur, comme représentant le nombre de pièces dans lesquelles la Collection des Mammifères et des Oiseaux serait « dispersée; » mais la Collection dont l'auteur du Rapport parle ici ne se trouve pas dans ces divers réduits, et une pareille dispersion, qui aurait été fort regrettable, n'a jamais existé. Nous n'acceptons donc pas le blâme implicite qui résulterait des termes du Rapport.

RAPPORT (Page 10).

Il existe dans les divers magasins, suivant les déclarations qui nous ont été faites, 12,700 *peaux de Mammifères et d'Oiseaux,* 4,000 *œufs,* 480 *nids, et, tant dans les magasins que dans les galeries,* 1,577 *bocaux, savoir :* 1,046 *de Mammifères et* 531 *d'Oiseaux.*

RÉPONSE.

§ 20. Nous présumons que M. le Rapporteur ne considère pas cette accumulation de richesses scientifiques comme étant une preuve de mauvaise Administration, et, par conséquent, il nous semble inutile d'établir ici une comparaison entre les Collections actuelles de notre Musée zoologique et celles qui y existaient il y a vingt-cinq ou trente ans, ou, mieux encore, celles qui s'y trouvaient au moment où le système administratif actuel fut adopté. Du reste, cette comparaison sera faite dans l'Appendice placé à la fin de la 2e Section (*voyez* page 91) de notre Mémoire.

RAPPORT (Page 11).

Ce service ne possède ni inventaire général, ni Catalogue proprement dit, mais seulement un registre des entrées et des sorties, et un autre registre des objets acquis par dons, achats ou échanges.

Les inscriptions sur ces registres se divisent par séries annuelles. Chaque série, ouverte au 1er *janvier, est close au* 31 *décembre. Les objets prennent un numéro d'ordre, selon le jour de leur entrée, avec un millésime. Les mêmes indications se produisent sur chaque pièce, à côté de l'étiquette scientifique qu'elle porte ; ainsi se peut vérifier la présence des objets.*

RÉPONSE.

§ 21. Nous examinerons plus loin la valeur des critiques adressées aux Professeurs de Zoologie sur le mode qu'ils ont adopté pour l'enregistrement des richesses scientifiques confiées à leur garde. Nos idées à ce sujet diffèrent beaucoup de celles de M. le Rapporteur (*voyez* Appendice, no 1, pages 99 et suivantes). Ici nous nous bornerons à dire quelques mots du Catalogue scientifique des Mammifères dont l'auteur du Rapport a jugé inutile de parler.

Ce travail long et difficile fut commencé il y a environ quinze ans, et, à l'époque dont date ce Rapport, le Catalogue méthodique et raisonné de toute une grande division de la classe des Mammifères était non-seulement rédigé, mais imprimé et publié. M. le Rapporteur aurait pu savoir également que si cette œuvre n'était pas plus avancée, cela tenait uniquement à des circonstances indépendantes de la volonté des Professeurs-Administrateurs du Muséum et qui ne leur sont pas imputables.

En effet, la subvention accordée par l'État au libraire chargé de la publication du Catalogue de notre Musée zoologique était insuffisante pour couvrir les frais de fabrication de ce livre, et par conséquent notre éditeur, après avoir fait paraître quelques livraisons, nous déclara qu'il ne continuerait pas cette entreprise à moins d'obtenir de l'autorité supérieure des conditions plus favorables. L'état du budget de l'instruction publique ne permit pas cet accroissement de dépense, et ce fut ainsi qu'à leur grand regret feu M. Isidore Geoffroy Saint-Hilaire, et deux autres Professeurs de Zoologie (M. Milne Edwards et M. Duméril), virent cette publication arrêtée presque à son début.

Ces regrets furent partagés par tous les naturalistes, car le Catalogue des Mammifères de la Collection du Muséum, dont M. Isidore Geoffroy Saint-Hilaire avait entrepris la rédaction, n'était pas un inventaire de comptable, tel que ceux demandés par la Commission, mais une œuvre scientifique d'une grande importance. M. Geoffroy est mort, et par conséquent chacun peut, avec toute liberté, juger son travail. Or, nous n'hésitons pas à affirmer qu'il se place au premier rang parmi les ouvrages du même genre et qu'il faisait honneur à l'établissement dont il sortait. Ce Catalogue comprend la totalité de l'une des grandes divisions de la classe des Mammifères et contient une foule de renseignements précieux pour la science. M. le Rapporteur paraît en avoir ignoré l'existence ou avoir pensé qu'il était inutile d'en tenir compte; mais les naturalistes en jugent autrement; ils le citent souvent avec éloges et ne manquent jamais de le consulter lorsqu'ils s'occupent du sujet dont il traite. Nous espérons qu'un jour l'État nous fournira les moyens de continuer cet ouvrage, et nous désirons seulement que la suite de ce travail ardu puisse être jugée digne de la portion qui est déjà entre les mains du public. J'ajouterai qu'en 1858 la presque totalité des autres parties de ce Catalogue scientifique des Mammifères, rédigée sous la direction de M. Isidore Geoffroy Saint-Hilaire par l'un des Aides-Naturalistes du Muséum, le Dr Pucheran, existait en manuscrit.

RAPPORT (Page 11).

Les registres ne mentionnent pas les mises au rebut, ce qui constitue une lacune regrettable.

RÉPONSE.

§ 22. Comme les objets destinés à être réformés à cause de leur vétusté ou de leur imperfection n'étaient pas détruits et qu'il y avait toujours possibilité d'en constater l'existence, il nous a paru inutile de multiplier les écritures relatives à ces choses sans valeur. Le temps de nos Aides-Naturalistes nous semblait pouvoir être mieux employé pour les intérêts de la science et de l'établissement scientifique dont la direction nous est confiée.

RAPPORT (Page 11).

Il existe une masse considérable d'objets détériorés qui ne sont conservés, malgré leur inutilité apparente, que parce qu'on y trouve quelquefois des fragments, tels que des becs et des pattes d'Oiseaux, etc., susceptibles de servir aux démonstrations des cours, ou de compléter des sujets plus ou moins compromis. Ce sont aussi des débris de Collections qui, expédiées en bon état, arrivent avariées et hors d'usage au Muséum. On les réserve pour être représentées aux voyageurs qui s'étonneraient de ne pas voir figurer leurs envois dans les galeries.

RÉPONSE.

§ 23. Il est question ici de deux catégories d'objets : les uns utilisables, les autres complétement inutiles.

Du moment où des objets quelconques étaient considérés par le Professeur comme susceptibles d'un emploi utile, soit pour les préparations taxidermiques, soit pour des démonstrations ou des travaux de recherches, ce fonctionnaire avait raison d'en ordonner la conservation, et nous ne comprenons pas bien comment M. le Rapporteur a pu trouver là un sujet de blâme.

C'était peut-être pousser la prudence un peu trop loin que de vouloir conserver aussi des objets inutiles, dans le seul but de pouvoir, pièces en main, justifier de leur non-emploi dans les Collections ; mais les réduits où ces débris étaient déposés ne pouvaient guère être affectés à d'autres usages, et par conséquent cette conservation n'avait aucun inconvénient grave. Du reste, M. le Ministre ayant autorisé récemment l'Administration à réformer d'une manière définitive, et à détruire les choses dont l'inutilité avait été dûment constatée, les magasins zoologiques sont aujourd'hui débarrassés de la plupart des objets appartenant à cette catégorie.

RAPPORT (Page 11).

Les locaux affectés aux Collections des Mammifères et Oiseaux sont insuffisants et sans suite. Un grand encombrement règne dans ces Collections, notamment dans les salles d'Ornithologie, qui comptent 15,500 Oiseaux environ, et dans la salle des Ruminants, où, suivant l'expression du Professeur, ce n'est plus une Collection, mais un troupeau.

RÉPONSE.

§ 24. L'insuffisance des locaux en question ici ne pourrait être un sujet de blâme pour les Professeurs-Administrateurs que si ces fonctionnaires avaient négligé d'en informer l'autorité supérieure et de solliciter la construction de galeries nouvelles. Or, M. le Rapporteur aurait pu savoir que cela n'est pas.

Quant à l'encombrement dont parle M. le Rapporteur, nous pensons que tout juge impartial y verra une preuve, non pas de l'inactivité ou de l'incapacité de l'Administration du Muséum, mais bien de l'ardeur avec laquelle le Professeur-Administrateur chargé de cette portion du service saisissait toutes les occasions pour augmenter les richesses scientifiques confiées à sa garde. Si feu M. Isidore Geoffroy Saint-Hilaire, dont la gestion est ici en cause, s'était tenu pour satisfait des 6,000 Oiseaux qui, en 1823, constituaient la Collection ornithologique, aucun encombrement n'aurait existé en 1858; mais heureusement il ne s'en contenta pas, et par suite du zèle déployé par ce savant, et de la bonne Administration du Muséum, la Commission d'enquête a pu compter dans les vitrines occupées jadis par les 6,000 individus dont nous venons de parler, 15,500 Oiseaux. Un pareil fait ne nécessite de notre part aucun commentaire.

Si M. Geoffroy Saint-Hilaire avait cru possible de serrer davantage les objets dont se compose la Collection ornithologique, il y aurait certainement fait placer beaucoup d'Oiseaux qui se trouvent dans nos magasins et qui n'ont pas encore été montés, parce que, en attendant qu'on puisse les loger dans les vitrines de la galerie, leur bonne conservation est plus facile, à l'état de peaux simplement bourrées.

Ce que nous venons de dire au sujet de la Collection ornithologique est également vrai en ce qui concerne la Collection des Ruminants et des autres groupes de la classe des Mammifères. Là aussi les résultats dus à l'activité intelligente du Professeur-Administrateur qui, en 1858, occupait la chaire de Mammalogie, sont rendus manifestes par le fait même de l'encombrement des richesses zoologiques dont M. le Rapporteur a été frappé.

RAPPORT (Page 11).

Le laboratoire et le magasin des peaux sont humides et impropres à la conservation. Ils contiennent, en grand nombre, des peaux reçues et entassées depuis plus de vingt ans. D'une origine incertaine et parfois restées sans préparation, plusieurs sont gravement endommagées, et parmi elles quelques-unes d'un grand prix.

RÉPONSE.

§ 25. M. le Rapporteur se trompe au sujet des laboratoires et magasins dont il est ici question.

A l'exception de la salle dite d'Écorchage, où l'on dépouille les cadavres d'animaux morts à la Ménagerie et où il est souvent nécessaire de laver à grande eau les pièces en voie de préparation, aucun des locaux dont M. le Rapporteur parle ici n'est ni humide, ni impropre à la conservation des peaux que l'on y dépose. Ils sont, il est vrai, beaucoup trop petits pour la commodité du service, et, faute d'employés en nombre suffisant, plusieurs de ces peaux, dont le montage serait désirable sans être urgent, restent en magasin pendant fort longtemps; mais elles y sont bien conservées, et celles qui sont avariées l'étaient déjà au moment de leur entrée dans ces dépôts. Nous ne connaissons aucun de ces objets d'un *grand prix* dont M. le Rapporteur parle comme ayant été *gravement endommagés* par suite de leur long séjour dans nos magasins, et s'il avait précisé des faits au lieu de s'en tenir à des assertions générales, il nous aurait peut-être fourni à ce sujet quelques lumières utiles; car les naturalistes savent que, malgré les soins les plus assidus, il est presque impossible de préserver une grande Collection zoologique de tout accident, et si nous avions eu connaissance de quelque malheur de ce genre, nous nous serions empressés d'en rechercher la cause afin d'en prévenir le retour.

Du reste, nous pouvons apprendre au public quelles sont en réalité les choses auxquelles M. le Rapporteur fait allusion ici, car feu M. Isidore Geoffroy Saint-Hilaire, qui était un homme de beaucoup d'ordre, a laissé dans ses papiers un récit de tout ce qui s'était passé lors de la visite de la Commission dans ses magasins, et ce procès-verbal nous a été communiqué par ses héritiers. Or, on y lit que dans cette visite l'un des membres de la Commission (M. *****) signala à l'attention de ses collègues « un bocal contenant un Mammifère tombé en macération (*sic*), et où s'étaient perdus et cet objet et l'alcool destiné à le conserver. » On ouvrit aussitôt ledit bocal et on y trouva une peau de biche en parfait état de conservation et entourée d'étoupe imbibée d'alcool, ainsi que nous avons l'habitude de conserver économiquement les objets de peu de valeur, mais d'un volume considérable, sans faire une grande consommation d'alcool. C'était probablement l'étoupe qu'on avait prise pour une peau « tombée en macération. »

Les critiques de M. le Rapporteur, relativement à des objets dont l'origine serait incertaine, sont probablement fondées sur les faits suivants. Le membre de la Commission, dont il a déjà été question, chercha si parmi les 12,700 Mammifères et Oiseaux conservés dans nos magasins, il ne trouverait pas quelques peaux non étiquetées, et (ajoute le procès-verbal de M. Geoffroy) il parvint à en découvrir DEUX : une peau de merle et une peau de lama. Or, le merle était un merle commun de France, que l'un des Préparateurs avait tué pour le dépouiller, et que, sans plus de formalités, on avait joint à d'autres Oiseaux du même groupe pour être donné à la première occasion. La peau de lama provenait d'un des animaux du troupeau de l'Institut agronomique de Versailles, dont l'étiquette s'était détachée ; mais cette peau avait été enregistrée au Catalogue sous le n° 276-1852, et elle se trouvait à côté d'une autre peau de lama de même provenance qui portait le n° 277-1852.

Voilà les seuls faits qui ont pu servir de base aux accusations graves portées contre la gestion de feu M. Isidore Geoffroy Saint-Hilaire dans le paragraphe du Rapport transcrit ci-dessus. Nous pensons que la mémoire de ce savant distingué n'en sera pas ternie.

RAPPORT (Page 11).

On rencontre dans des mansardes servant de cabinets de travail aux dessinateurs, dans des greniers et des hangars, des Collections précieuses qui devraient figurer dans les galeries, telles qu'une Collection d'œufs dans laquelle on remarque deux œufs de l'Epiornis de Madagascar, qui ont été achetés en 1851 pour la somme de 5,500 francs; des Collections de nids et de chauves-souris, des monceaux d'oiseaux, de peaux de serpents, d'ossements, de débris de mollusques. Enfouis dans des caisses ou des tiroirs, ils sont livrés aux vers et à la poussière ; en admettant que ce soient des doubles (ce qui n'est pas indistinctement juste), bien des cabinets de la province seraient heureux de les posséder. Enfin, personne ne peut contester les avantages qui résulteraient, sinon de l'exposition, du moins d'un rangement convenable de tous ces objets. Ne serait-il pas également superflu d'insister sur les inconvénients que présentent des rebuts opérés sans inscription de sortie, sans radiation sur les Catalogues?

RÉPONSE.

§ 26. Il y a dans ce paragraphe du Rapport plusieurs erreurs graves. Nous les relèverons successivement.

1.° La collection d'œufs, devenue trop considérable pour trouver place dans la galerie ornithologique, a dû être déposée dans un des magasins du Muséum. En 1858, elle était rangée, en majeure partie, dans une série d'armoires vitrées qui garnissent un des côtés d'une pièce située au second étage du bâtiment de l'Administration, à côté du laboratoire de taxidermie. Quelques échantillons des plus remarquables étaient restés à la galerie, et les autres étaient déposés dans le cabinet de travail de l'Aide-Naturaliste chargé de leur étiquetage. Mais, ni à l'époque des visites faites par la Commission, ni à aucun autre moment, cette Collection n'a été placée, soit dans les *mansardes*, soit dans les *greniers ou les hangars* où M. le Rapporteur croit l'avoir rencontrée, et nous avons de la peine à comprendre comment il a pu se tromper de la sorte; à moins qu'il n'ait pris pour la Collection ovologique du Muséum les quelques œufs dont je viens de parler comme se trouvant dans le cabinet de l'Aide-Naturaliste, et que la Commission n'ait confondu ce laboratoire zoologique avec les réduits servant d'ateliers pour les dessinateurs qui viennent travailler au Muséum.

2° Les deux œufs de l'Épiornis, que M. le Rapporteur mentionne comme ayant été acquis au prix de 5,500 francs et comme se trouvant parmi les objets relégués dans *les mansardes, greniers ou hangars* du Muséum, n'y ont jamais été placés, et, pour nous expliquer l'erreur dans laquelle il est tombé, nous sommes disposé à croire qu'il aura pris pour les œufs précieux dont il parle des simulacres de ces objets, faits en plâtre et destinés à être donnés à des Musées étrangers. En effet, il y a toujours deux ou trois exemplaires de ces moulages préparés d'avance pour les besoins du service et emmagasinés dans les dépendances du laboratoire de Zoologie.

Si la Commission avait puisé ses informations à de meilleurs sources, M. le Rapporteur aurait su qu'en 1852 le Muséum avait acquis, au prix déjà mentionné, non pas deux, mais bien trois œufs de l'Épiornis, avec divers fragments d'os du même oiseau gigantesque; qu'aussitôt après, deux de ces œufs furent moulés avec une perfection rare, et ensuite placés dans une vitrine particulière de la galerie d'Ornithologie, où le public les voit depuis dix ans. En s'adressant à de bonnes sources pour obtenir des renseignements à ce sujet, M. le Rapporteur aurait pu apprendre aussi que, le 21 mars 1852, le troisième œuf gigantesque, après avoir été habilement réparé dans le laboratoire de Paléontologie, fut placé dans le Musée géologique, où on le voyait en 1858 et où on le voit encore aujourd'hui. Enfin, si M. le Rapporteur avait témoigné le désir de connaître la totalité des richesses de ce genre dont le Muséum est possesseur, M. Geoffroy Saint-Hilaire, ou tout autre naturaliste attaché à cet établissement scientifique, aurait pu lui montrer, dans les vitrines de la galerie des Oiseaux, deux autres œufs de l'Épiornis de Madagascar, qui nous avaient été donnés en 1854 par l'Académie des Sciences, et M. le Rapporteur sait probablement que cette Compagnie, ne jugeant pas opportun de former des Collections pour son usage particulier, cherche toujours à employer de la manière la plus utile pour la science les objets dont elle peut disposer. Ce don était donc tout à la fois honorable et profitable pour le Muséum.

3° La série des chauves-souris destinée à prendre place dans la Collection zoologique du Muséum n'a jamais été déposée dans les *mansardes, greniers ou hangars* dont parle M. le Rapporteur. Faute d'espace dans la galerie, on a dû les placer provisoirement dans les magasins, et, à l'époque des visites faites par la Commission, elle se trouvait dans une douzaine d'armoires vitrées, situées dans une pièce du premier étage du bâtiment de l'Administration, à côté du magasin des Oiseaux. Aujourd'hui cette pièce constitue le bureau du Professeur, et les chauves-souris sont placées dans le magasin du second étage, où l'on s'occupe de leur montage ainsi que de leur classification méthodique.

4° Les monceaux de peaux d'oiseaux, d'ossements et d'autres objets dont M. le Rapporteur parle aussi comme se trouvant dans les mansardes ou autres locaux dépendant du laboratoire de Zoologie, et dont il voudrait enrichir les Musées de la province, consistent principalement en différentes sortes de débris qui proviennent du travail des taxidermistes, et qui sont conservés par nos préparateurs, parce que ces hommes prévoyants et économes savent qu'un jour ils pourront probablement en tirer parti pour la réparation d'autres peaux avariées.

C'est aussi dans ces mansardes que le Professeur fait placer des fragments de squelettes et autres objets qui ne seraient dignes de figurer dans aucune Collection, mais qui lui servent parfois dans ses leçons comme objets de démonstration. Ces préparations n'ayant aucune valeur vénale, et n'étant employées, pour la plupart, qu'une fois tous les deux ans, il serait fort possible qu'à l'époque des visites faites par la Commission dans les greniers du Muséum, elles n'eussent pas été époussetées depuis quelques mois; mais si elles avaient été *livrées aux vers*, comme le suppose M. le Rapporteur, il est probable que le successeur de M. Isidore Geoffroy Saint-Hilaire les aurait trouvés en fort mauvais état. Or ce fonctionnaire, en prenant possession de sa nouvelle chaire, vers le milieu de l'année 1862, a passé toutes ces pièces en revue et n'a aperçu aucune trace de l'action des vers dont parle M. le Rapporteur. Cependant quelques-uns des objets en question avaient servi aux leçons depuis plus de quarante ans, et le Professeur actuel en a reconnu plusieurs comme ayant été placés sous les yeux du public lorsqu'il était étudiant et qu'il suivait les cours d'Étienne Geoffroy Saint-Hilaire vers l'année 1820.

Pour nous expliquer comment M. le Rapporteur a pu être conduit à tracer un tableau si sombre des Collections abandonnées *aux vers et à la poussière*, nous sommes enclin à penser que la Commission aura peut-être pris pour des objets de Collection quelques-uns de ces cadavres d'oiseaux des environs de Paris, que l'un de nos Aides-Naturalistes, M. Florent-Prévost, se faisait apporter pour en examiner les viscères, et chercher ainsi à constater, par l'inspection des débris d'aliments trouvés dans l'estomac de ces animaux, quelles sont les espèces qui détruisent le mieux les insectes nuisibles à l'agriculture. En effet, ce zélé et laborieux observateur faisait ces recherches dans son cabinet de travail, qui est situé à côté des mansardes dont parle M. le Rapporteur. Quand le temps était chaud, les pièces qu'il étudiait n'étaient probablement pas toujours à l'abri de la putréfaction, ni exemptes des larves qui aiment les matières corrompues et qui dans le langage vulgaire sont appelées des *vers*; mais, heureusement, cela ne le rebutait pas, et c'est en poursuivant pendant plusieurs années des investigations de ce genre qu'il a pu faire le travail de Zoologie agricole qui lui a valu les encouragements de la Société impériale et centrale d'Agriculture de France; une récompense publique décernée par l'Académie des Sciences; enfin, tout dernièrement, la croix de la Légion d'honneur, remise entre ses mains par l'Empereur lui-même.

5° Les doubles qui ont été préparés pour être employés comme dons ou objets d'échange sont réunis en majeure partie dans un magasin spécial, afin que l'Administration puisse en disposer sans qu'il soit nécessaire d'en faire un examen ultérieur. Or, nous avons la satisfaction de pouvoir dire que ces pièces ne ressemblent en rien aux pièces avariées dont M. le Rapporteur parle comme étant reléguées dans les mansardes, greniers ou hangars du Muséum, et comme étant susceptibles de faire le bonheur des Musées de la province.

Les cabinets zoologiques de nos départements sont loin d'être aussi pauvres que semble le penser M. le Rapporteur, et les Collections que l'Administration leur distribue annuellement d'après les ordres du Ministre de l'Instruction publique ne sont pas indignes d'y figurer. Pour le prouver, il nous suffirait de transcrire ici les Catalogues de quelques-uns de nos envois. (*Voyez* à ce sujet l'Appendice, n° **1**, page 94.)

RAPPORT (Page 12).

Des échantillons de laine, provenant de l'Exposition universelle, attendent encore leur détermination. Nulle indication de provenance ne les accompagne.

RÉPONSE.

§ 27. C'est précisément à cause de l'absence de tout renseignement relatif à l'origine réelle de ces échantillons qu'on n'a pu en faire aucun usage scientifique. Il nous importait peu, à nous zoologistes, de savoir que ces échantillons avaient figuré à l'Exposition des produits de l'industrie, et qu'ils venaient d'Angleterre; lorsque nous les avons reçus, ils n'étaient accompagnés d'aucun document de nature à nous éclairer sur les variétés de moutons dont ils provenaient, et nous ne comprenons pas ce que l'honorable Rapporteur aurait voulu que l'on fît d'objets de ce genre.

Il ne faut pas croire que tous les dons que nous acceptons avec reconnaissance, ne fût-ce qu'à raison des bons sentiments dont les donateurs sont inspirés, soient réellement des richesses pour le Muséum.

Quant aux paquets de laine en question, l'Administration du Muséum, voulant en tirer le meilleur parti possible, en a offert quelques flocons à la Société d'Acclimatation, qui pouvait y trouver un certain intérêt au point de vue de l'économie rurale; le reste sera donné, avec le produit de la tonte des moutons de la Ménagerie, à l'un des établissements charitables du quartier du Jardin des Plantes, dès que la quantité totale de ces matières sera suffisante pour la confection de quelque objet de literie.

RAPPORT (Page 8).

Une autre Baleine, objet rare et curieux comme le premier et qui a coûté 5 *à* 6,000 *francs, est déposée, il est vrai, à couvert, mais sur les tirants d'un toit de hangar où sa conservation est menacée et hors de la vue des naturalistes et du public.*

RÉPONSE.

§ 28. Ce paragraphe, de même que beaucoup d'autres parties du Rapport, nous semble rédigé de manière à donner une idée fausse de l'état des choses.

Nous ferons remarquer d'abord que la Baleine en question (un Rorqual dont une grande partie est artificielle) n'a pas coûté la somme indiquée dans le Rapport. En 1851 l'Administration du Muséum obtint, par voie d'échange, cette pièce zoologique, ainsi que le squelette complet du même individu, moyennant un certain nombre de peaux de mammifères, d'oiseaux, et de coquilles, plus, à titre de soulte, une somme de 2,000 francs.

La Baleine fut immédiatement placée sous les yeux du public, dans la cour de la galerie de Zoologie; mais n'y étant abritée que par une bâche, elle éprouva quelques avaries, et, afin d'en assurer la conservation jusqu'au moment où l'Administration supérieure serait en mesure de faire construire un bâtiment convenable pour la loger, l'Administration crut devoir la faire placer dans le seul local où il fût matériellement possible de placer un objet si volumineux, savoir : dans le grand magasin dit *la grange de la rue de Buffon*. Cette mesure fut prise peu de temps avant la visite de la Commission, et elle eut le résultat désiré; la conservation n'était plus menacée, et en 1862 une toiture vitrée ayant été placée devant la galerie d'Anatomie comparée, nous avons pu exposer de nouveau aux regards du public ce grand et intéressant cétacé, en aussi bon état que le jour de son transport dans le hangar de la rue de Buffon. Les visiteurs du Jardin des Plantes pourront donc facilement juger de la valeur des reproches que M. le Rapporteur nous a adressés au sujet de cet animal.

ANNÉLIDES, MOLLUSQUES ET ZOOPHYTES.

RAPPORT (Page 12).

Le service des Annélides, Mollusques, Zoophytes et Vers intestinaux occupe seize pièces, dont quelques-unes sont humides, incommodes et insuffisantes.

Il n'a pas d'inventaire proprement dit, mais seulement un livre d'entrée et de sortie, un registre d'échange, un registre de dons sur lequel on ne trouve aucun numéro matricule.

RÉPONSE.

§ 29. Ces livres, ces registres sont des inventaires, et dix-sept volumes in-folio en ont été mis sous les yeux de la Commission.

RAPPORT (Page 12).

Le Catalogue des Mollusques et des Zoophytes est une copie quant aux séries des anciens Catalogues, mais sans aucune mention du nombre des individus. Une grande partie des objets n'y figurent pas ou sont sans désignations spéci-

fiques et sans numéro d'ordre, de sorte qu'il n'y a possibilité d'exercer aucun contrôle.

RÉPONSE.

§ 30. Nous ne voyons pas bien l'utilité de la distinction établie par M. le Rapporteur entre le Catalogue dont il reconnaît l'existence et l'inventaire dont il blâme la non-existence. Quant à ce Catalogue, que M. le Rapporteur dit trop ancien, on le commença en 1836, et depuis lors on l'a continué chaque année sans interruption, ainsi que cela est facile à constater par les dates qui y sont inscrites. On y enregistre régulièrement les noms des espèces, l'origine des individus, la date de leur entrée, enfin le nom du donateur ou du vendeur dont on a obtenu chaque objet. Le contrôle peut paraître impossible pour une personne étrangère aux classifications zoologiques, mais est facile pour les naturalistes.

RAPPORT (Page 12).

Un règlement du 7 juin 1836 avait été fait pour régulariser les prêts. Un seul Professeur du Muséum, étranger à la Collection dont il s'agit, s'y est conformé.

RÉPONSE.

§ 31. M. le Rapporteur confond ici les *prêts* avec le déplacement des objets pour les besoins du service. Il avait déjà fait la *même* confusion au sujet des Collections d'Anatomie, et nous y avons répondu ci-dessus (*voir* page 34, § 1). Les déplacements ne sont pas enregistrés; les prêts le sont très-régulièrement, mais ils sont très-rares.

M. le Rapporteur ne dit rien de l'accroissement de nos Collections d'Annélides, de Mollusques et de Zoophytes; nous suppléerons à son silence dans l'Appendice, page 97.

REPTILES ET POISSONS.

RAPPORT (Page 12).

Le service des Reptiles et Poissons comprend huit salles, sans compter la galerie des Reptiles vivants. Il règne dans ces divers locaux un encombrement qui nuit à la fois à l'étude, aux travaux de préparation et à la conservation des objets.

RÉPONSE.

§ 32. L'augmentation sans cesse croissante des richesses du Muséum rend désirable ici, comme dans les autres services, l'agrandissement des laboratoires et l'adjonction de nouvelles salles d'exposition; les Professeurs-Administrateurs ont souvent appelé l'attention de l'autorité supérieure sur ce sujet.

RAPPORT (Page 12).

Il n'existe pas d'inventaire de la Collection ; trois registres constatent les entrées et les sorties.

RÉPONSE.

§ 33. Si, par ce mot *inventaire*, on entend un compte de matières tel qu'il est dressé quand il s'agit d'objets à usage, les observations contenues dans l'Appendice n° 1, page 95, en font ressortir les impossibilités relativement aux Collections d'Histoire naturelle. Mais les livres d'entrée et de sortie placés sous les yeux de la Commission, et que le Rapport mentionne, signalent, à leur date respective : les premiers, les Reptiles et les Poissons, soit acquis ou obtenus en échange, soit reçus en présent; et les seconds, ceux qui cessent de faire partie des Collections, tantôt par voie d'échange, tantôt pour l'enrichissement des Musées départementaux. Chaque liste, sur ces différents registres, porte une série de numéros d'ordre, en même temps que l'indication du nombre des individus.

RAPPORT (Page 12).

Les Reptiles et les Poissons ont chacun leur Catalogue scientifique où sont indiquées les localités de provenance, mais le nombre des individus n'y est pas porté.

Les objets, évalués approximativement à 40,000, *dont* 35,000 *Poissons et* 5,000 *à* 6,000 *Reptiles, ne reçoivent de numéro matricule ni à l'entrée ni à la sortie, et ils n'ont pas de numéro d'ordre dans la Collection, de sorte que les constatations de présence n'ont d'autre garantie que la patience de recherche et la mémoire des Professeurs et de l'Aide-Naturaliste.*

RÉPONSE.

§ 34. Les Catalogues dont il est ici question, constamment tenus au courant au fur et à mesure des entrées et des sorties, complétés d'ailleurs par des listes de doubles, donnent l'état exact des Collections au point de vue scientifique. Il est très-regrettable, au reste, que la publication de ces Catalogues, dont M. le Rapporteur n'a pas parlé, soit, comme pour d'autres Collections, demeurée inachevée. En ce qui concerne celui des Reptiles, deux livraisons déjà parues comprennent les ordres des Tortues et des Lézards, c'est-à-dire la moitié environ de cette classe d'animaux. Quant à l'indication sur les Catalogues du nombre des individus, les variations mêmes de ce nombre résultant de l'accroissement des Collections ou des sorties par suite d'échanges rendent extrêmement difficile la numération dont on signale l'absence, car on aurait à modifier fréquemment les chiffres portés à la suite du nom de chaque espèce, et cela entrainerait à des dépenses considérables.

En outre, cette mobilité dans l'état des Collections, et les intercalations nombreuses qui rompent la continuité, sont des obstacles insurmontables à l'emploi d'une série de numéros d'ordre. L'obligation de donner à chaque espèce précisément la place exigée par le classement méthodique diminue beaucoup l'utilité que peut avoir, dans des Collections d'une autre nature, l'usage de ces numéros d'ordre.

RAPPORT (Page 13).

Les galeries sont très-insuffisantes. Des individus (les plus considérables) sont entassés ou suspendus au mur ou aux plafonds ; d'autres sont rangés dans des armoires, hors de portée et sans jour; presque tous sont inaccessibles pour l'étude.

RÉPONSE.

§ 35. L'insuffisance des galeries est l'objet des regrets de l'Administration, qui, depuis vingt ans au moins, sollicite la construction de nouveaux bâtiments destinés aux collections de Zoologie. Si les plafonds et les murs n'avaient reçu les gros animaux montés, une très-grande partie des Reptiles et des Poissons n'aurait pu être exposée aux regards du public. Les armoires hautes et profondes sont, il est vrai, incommodes, mais les animaux qu'elles renferment ne sont cependant pas plus inaccessibles pour l'étude, malgré l'encombrement résultant du défaut de place, que ne le sont des livres rangés sur les rayons supérieurs des corps de bibliothèque.

Toutefois, on ne saurait trop insister sur les avantages que présenteraient, sous tous les rapports, des armoires très-nombreuses et moins élevées.

Les inconvénients des locaux actuels signalés par M. le Rapporteur sont d'ailleurs ceux que le Professeur avait fait ressortir dans une Note rédigée par lui sur la demande de la Commission.

RAPPORT (Page 13).

Les étiquettes placées sur les Poissons n'indiquent pas leur origine ; un assez grand nombre sont écrites de la main de Cuvier.

RÉPONSE.

§ 36. Il y a ici inexactitude. L'origine, c'est-à-dire le lieu de provenance des Reptiles comme des Poissons, est mentionnée avec le plus grand soin sur les étiquettes, et si, comme cela arrive quelquefois, on ignore cette provenance, on en est informé par un point de doute placé à la suite du mot *origine*. Aussi n'y a-t-il point d'étiquette qui, dans les circonstances rares dont il s'agit, ne porte cette mention quand la patrie est inconnue.

Les étiquettes écrites de la main de Cuvier, ou de la main des naturalistes qui ont nommé dans la Collection des espèces jusqu'alors inédites, sont conservées avec le plus grand soin, car elles signalent les individus types, si précieux comme termes de comparaison pour les études ultérieures des zoologistes.

RAPPORT (Page 13).

La galerie des Reptiles vivants est mal éclairée et mal aérée. Aussi les registres témoignent d'une grande mortalité parmi ces animaux. C'est le croup qui sévit sur les Boas. Entassés par familles dans des réduits trop étroits, leur développement en souffre, et ils végètent plutôt qu'ils ne vivent. Ce local ne répond nullement aux besoins de la Collection.

RÉPONSE.

§ 37. L'insuffisance de la Ménagerie fait depuis longtemps désirer un local plus convenable. Cette nombreuse Collection d'animaux vivants, la première qui ait été formée en Europe, offre pour les naturalistes un grand intérêt, comme le Professeur a cherché à le démontrer dans deux Mémoires successifs. Sans entrer dans aucun détail sur ce sujet, il doit relever une appréciation inexacte du Rapport. *Les registres*, y est-il dit, *témoignent d'une grande mortalité*. Il est question ici du journal du mouvement de la Ménagerie où, depuis l'époque de sa fondation, sont inscrits régulièrement, par ordre de date, tous les individus qui y viennent prendre place. Le dernière colonne de ce journal fait connaître par quelle cause chaque Reptile inscrit a cessé d'en faire partie. Naturellement, cette cause est presque toujours la mort de l'animal, la disparition par suite d'échanges étant excessivement rare. Cette colonne présente donc à peu près constamment les mêmes indications : leur uniformité paraît avoir frappé M. le Rapporteur. Cependant la colonne dont il s'agit, si on la considère isolément, ne peut donner une idée de ce qu'on entend par la mortalité dans un certain laps de temps. Pour se rendre compte de cette mortalité, par rapport à la durée du séjour, il est indispensable de faire un rapprochement avec la date de l'entrée de chaque Reptile dans la Ménagerie, date qui est précisée dans une colonne spéciale. Voici une preuve de cette assertion : le journal pour 1858, par exemple, porte 153 entrées et jusqu'à ce jour 132 décès; mais si l'on compare les époques d'arrivée à celles où ces morts ont eu lieu, on voit que celles-ci, jusqu'au 31 décembre 1862, c'est-à-dire durant une période de cinq ans, se répartissent de la manière suivante : 61 en 1858, 43 en 1859, 13 en 1860, 12 en 1861 et 3 en 1862. A la fin de ces cinq années, 21 des Reptiles reçus en 1858 étaient encore vivants. Si aucun de ces derniers ne sort de la Ménagerie par voie d'échange, le mot *mort*, quelle que soit l'époque ultérieure de la fin de la vie, devra être placé à la suite de chaque nom, et alors, si l'on se contente d'un examen superficiel du registre, il semblera que, pendant l'année, il y ait eu autant de décès que d'entrées. Cependant, on vient de le voir, un certain nombre de ces animaux aura vécu un temps assez long, puisque déjà 21 ont passé plus de cinq ans dans la Ménagerie.

On y a d'ailleurs recueilli jusqu'à présent des preuves bien plus remarquables de longévité. Ainsi, au 1er janvier 1863, elle possédait encore depuis 1842 un Serpent trigonocéphale noir, depuis 1846 une Tortue d'eau douce de l'Australie, depuis 1847 une Grenouille d'arbre, ou Rainette, du même pays, etc.

A cette autre assertion du Rapport, que « le développement (des animaux conservés dans cette Ménagerie) souffre, et qu'ils végètent plutôt qu'ils ne vivent », on peut, sans nier complétement l'exactitude des reproches faits à la disposition du local, opposer les faits suivants : 8 Serpents pythons, nés en captivité, qui mesuraient, au sortir de l'œuf, $0^m,45$ à $0^m,50$, ont tous atteint dans un espace de quatre années une taille variant entre $2^m,50$ et $3^m,30$, et l'un d'eux a vécu seize ans; un Crocodile de l'Amérique du Sud, long de $0^m,30$ à son arrivée en 1851, a maintenant $1^m,45$; des Caïmans de l'Amérique septentrionale, n'excédant pas $0^m,25$ en 1852, dépassent aujourd'hui 1 mètre, etc.

Ce petit nombre d'exemples, auxquels il serait facile d'en joindre plusieurs autres non moins remarquables, suffisent pour montrer que la Ménagerie, malgré tout ce qu'elle laisse à désirer comme local destiné à l'exhibition d'une Collection si importante, ainsi que le Professeur l'a signalé lui-même à la Commission, a donné lieu à de très-intéressantes observations, qui n'avaient pas encore été possibles, sur le développement et la longévité des Reptiles. Rien ne prouve jusqu'ici que son exiguïté ou ses dispositions aient eu des conséquences fâcheuses pour la vie des animaux, dont plusieurs s'y sont reproduits.

ENTOMOLOGIE.

RAPPORT (Page 13).

Le service des Insectes, Crustacés et Arachnides comprend quinze pièces.

Les Collections se sont formées et s'accroissent par voie d'achat ou d'échange, mais surtout par les dons faits au Muséum et par les envois de voyageurs commissionnés. Elles peuvent être évaluées à plus de 500,000, dont un tiers seulement a été l'objet de déterminations régulières.

Le seul moyen, suivant le Professeur, de faire cesser ce retard regrettable qui tient aux difficultés des opérations et aux soins multiples qu'elles exigent, serait de faire appel à des entomologistes consciencieux et habiles auxquels on accorderait des indemnités proportionnelles à leur travail. C'est ainsi qu'il a été procédé au Musée Britannique.

RÉPONSE.

§ 38. Les Collections d'Insectes, Crustacés et Arachnides ont commencé à prendre un immense accroissement surtout à partir de 1833. Depuis cette époque leur classement, malgré l'insuffisance du personnel pour un travail aussi vaste, a progressé chaque année d'une manière régulière et très-sensible. En 1858 déjà, certainement plus des deux tiers des espèces avaient été l'objet de déterminations régulières. L'évaluation de la Commission provient de ce fait, que le nombre des meubles permettant un arrangement définitif étant insuffisant, à peu près le tiers seulement de la Collection avait pu y prendre place.

La Commission n'a pas tenu compte du travail considérable exécuté pour les espèces qui, faute des meubles dont le Professeur sollicite chaque année l'accroissement, sont demeurées serrées dans des boîtes.

Quant à l'intervention de naturalistes étrangers au Muséum, pour les travaux de détermination, c'est surtout en vue de la rédaction d'un Catalogue destiné à être imprimé qu'a porté, de la part du Professeur, l'observation qui se trouve consignée dans le Rapport.

RAPPORT (Page 13).

La plus grande partie des objets est déposée dans le laboratoire ou les magasins et ne figure pas dans les galeries.

RÉPONSE.

§ 39. L'espace attribué dans les galeries aux objets d'Entomologie est en en effet si restreint, que la plus grande partie de la Collection ne peut y prendre place.

Pour remédier à cet inconvénient, le Professeur a fait disposer le laboratoire de la manière la plus convenable possible pour recevoir une portion considérable de la Collection d'Insectes et pour servir en même temps de salle d'étude.

RAPPORT (Page 13).

Il n'existe pas d'inventaire. Les Catalogues sont loin d'être complets. Les constatations de présence ne peuvent s'opérer que par les registres d'entrée et de sortie, où les objets sont inscrits le plus souvent en bloc et prennent ensuite une étiquette avec millésime et numéro.

RÉPONSE.

§ 40. La nécessité des Catalogues a préoccupé de tout temps les Professeurs d'Entomologie qui se sont succédé au Muséum.

Nous conservons un inventaire écrit en entier de la main de M. Latreille, en 1807. Cet inventaire, composé de quatre registres in-4°, donne l'énumération des Crustacés, Arachnides et Insectes exposés dans la galerie. (Ce sont des objets qui, ayant été détériorés par la double action de la lumière et du temps, ont dû pour la plupart être remplacés il y a vingt ans.)

Nous conservons un supplément à ce Catalogue, rédigé par le même Professeur. Ce supplément, qui porte la date de 1814, fut alors présenté à l'Assemblée des Professeurs et signé par le secrétaire Geoffroy Saint-Hilaire.

Depuis l'année 1833, époque à laquelle M. Audouin succéda à M. Latreille, tous les objets, sans exception, ont été enregistrés et pourvus d'un numéro correspondant au Catalogue indiquant les détails relatifs à la provenance et, de plus, les déterminations spécifiques, toutes les fois qu'elles ont pu être faites rapidement, ce qui est rarement possible.

Pour un envoi d'Insectes, composé de plusieurs milliers d'individus appartenant à toutes les familles et à tous les ordres, il faut d'abord procéder à des groupements méthodiques, puis rapprocher chaque espèce de l'ensemble de ses congénères, lorsqu'on veut arriver à une détermination certaine. Le travail de détermination ne doit ainsi être effectué que successivement, par familles et par genres.

Les Catalogues d'entrées ne sont pas, au reste, les seuls qui existent pour les Collections entomologiques. M. le Rapporteur a omis de rappeler que vingt-deux registres in-4°, contenant la liste *nominative* des espèces classées et l'indication du nombre d'individus représentant chacune de ces espèces, avaient été placés sous les yeux de la Commission d'enquête. A la vérité, ce travail déjà bien avancé n'a pas été complété. S'il en a été ainsi, c'est que le Professeur pensa qu'un Catalogue des Collections du Muséum devait être une œuvre vraiment scientifique qui mettrait le public à même de connaître exactement l'état de nos richesses.

L'impression du Catalogue fut ainsi commencée en 1850. Deux livraisons formant un demi-volume grand in-8°, et contenant l'énumération de 2,200 espèces, ainsi que toutes les indications scientifiques nécessaires dans une publication émanant de notre grand établissement national, ne tardèrent pas à paraître. Malheureusement l'éditeur se refusa à continuer l'impression, voulant attendre que le Ministre pût augmenter le chiffre de sa souscription.

Il n'a donc pas dépendu du Professeur d'Entomologie que le Catalogue des Collections confiées à ses soins ne soit devenu un ouvrage important.

M. le Rapporteur, paraît-il, a jugé inutile de mentionner aucune des circonstances qui viennent d'être rapportées.

RAPPORT (Page 13).

Les locaux affectés à ce service ne sont pas contigus entre eux. Les distances qui séparent les galeries des laboratoires nuisent à la surveillance ainsi qu'aux travaux de préparation et de classement. La communauté de plusieurs salles avec d'autres services y jette de la confusion et compromet la conservation des objets.

RÉPONSE.

§ 41. L'insuffisance des locaux n'est que trop réelle, et l'Administration du Muséum, depuis vingt-cinq ans, n'a pas cessé de montrer tout ce que cette situation présentait de fâcheux.

6° MÉNAGERIE.

RAPPORT (Page 14).

La Ménagerie contient en ce moment 734 animaux, savoir: 384 Mammifères et 350 Oiseaux. Il existe un Catalogue général.

Les registres d'entrée et de sortie sont tenus au courant, sauf pour les animaux qui pullulent (les lapins, les cochons d'Inde, les rats et les souris).

RÉPONSE.

§ 42. Puisque M. le Rapporteur a jugé utile de signaler la non-existence d'un *registre d'entrée et de sortie pour les rats et les souris* de la Ménagerie, nous devons supposer qu'il regrette cette lacune dans notre comptabilité. Mais s'il nous avait fait part de ses observations à ce sujet, il aurait peut-être vu que la tenue d'un pareil registre offrirait peu d'intérêt, même à son point de vue, et coûterait à l'État plus que la valeur des objets qui seraient à inventorier. En effet, les rats et les souris abondent malheureusement beaucoup trop dans la Ménagerie. Les garçons d'écurie et leurs chiens en tuent beaucoup; mais souvent aussi ils en prennent à l'état vivant. Alors ils les conservent pendant quelque temps afin de les utiliser soit pour l'alimentation des Serpents ou de quelques autres animaux carnassiers, soit pour l'approvisionnement du laboratoire de Physiologie expérimentale. Ce seraient donc les produits de cette chasse quotidienne dont M. le Rapporteur aurait désiré que l'on fît la statistique, car nous n'achetons ni rats ni souris.

Les lapins et les cochons d'Inde que l'on élève dans quelques dépendances de la Ménagerie sont également destinés à être mangés par les Serpents ou par les autres animaux carnivores, et nous ne voyons pas bien ce que la science ou les finances de l'État gagneraient à ce que l'on enregistrât les naissances et les morts dans cette partie de la population zoologique du Muséum.

RAPPORT (Page 14).

Presque tous les animaux proviennent de dons; trois seulement ont été achetés, un Tigre et une Panthère au prix de 6,000 francs, et une Antilope au prix de 300 francs.

RÉPONSE.

§ 43. Ici encore M. le Rapporteur se trompe. La plupart des Oiseaux de la Ménagerie ont toujours été le produit d'achats faits par l'Administration du Muséum, et les trois Mammifères mentionnés dans le Rapport n'étaient pas les seuls qui, à l'époque des visites de la Commission, avaient été acquis de la sorte; par exemple le beau Cerf du Mexique qui se voit encore aujourd'hui dans un des parcs situés près de la grille de Constantine avait été obtenu à prix d'argent. Il est vrai qu'avec un crédit de 1,500 francs par an ouvert pour les acquisitions de ce genre, l'Administration ne peut pas faire beaucoup; mais à force d'économie elle a obtenu des résultats plus importants que ne semble le penser M. le Rapporteur.

RAPPORT (Page 14).

La Ménagerie est en voie d'amélioration en ce qui concerne les grillages des parcs; mais il reste beaucoup à faire pour remédier à la rareté de l'eau, à l'exiguïté des cabanes, au manque d'air et d'espace pour les animaux féroces, pour les Singes dans les cellules.

La Commission a été frappée de la nécessité de construire des parcs pour les animaux féroces. Emprisonnés dans des cabanons, contrairement à tous leurs instincts, ils dépérissent et n'offrent aux artistes et aux visiteurs qu'une image bien incomplète de ce qu'ils sont en pleine liberté et à l'état de nature.

RÉPONSE.

§ 44. Les doléances de l'Administration du Muséum au sujet de la disposition de diverses parties de la Ménagerie sont depuis longtemps bien plus vives que celles présentées ici par M. le Rapporteur. Mais pour réaliser les améliorations que nous désirions obtenir, il fallait des crédits spéciaux, et ce n'était pas nous qui fixions les limites de notre budget.

RAPPORT (Page 14).

La nourriture de ces animaux est assurée presque intégralement par les viandes qui, saisies aux barrières ou sur les étaux à la criée, sont remises gratuitement au Muséum par la Préfecture de police.

RÉPONSE.

§ 45. En rendant compte de la consommation faite par les animaux de la Ménagerie, M. le Rapporteur semble avoir oublié que cet établissement n'est pas peuplé de carnivores seulement, et que, par conséquent, la viande, quelle qu'en soit l'abondance, ne saurait suffire pour les nourrir tous. En effet, il n'ignore certainement pas que les Éléphants et les Hippopotames, par exemple, sont des herbivores, et que la quantité de fourrages, de légumes et de pain nécessaire à leur alimentation est très-considérable. Ainsi, la ration d'un Éléphant coûte, en général, de 6 à 7 francs par jour. Si nos achats de viande sont rares, nos achats d'aliments d'origine végétale sont au contraire fréquents et considérables; mais puisque l'auteur du Rapport n'en tient pas compte, il serait inutile de nous y arrêter davantage ici.

RAPPORT (Page 14).

La quantité de viande ainsi livrée du 1er au 16 juin 1858 a été de 9,700 kilogrammes. La consommation journalière, à raison de 250 kilogrammes par jour, s'étant élevée dans le même temps à 4,000 kilogrammes, on voit que la Ménagerie est amplement approvisionnée, et qu'elle ne doit avoir à faire que de très-rares achats de viande.

RÉPONSE.

§ 46. Si M. le Rapporteur avait réfléchi aux causes qui déterminent la saisie des viandes en question, il aurait probablement vu qu'en prenant pour terme de comparaison la première quinzaine de juin, c'est-à-dire les deux semaines qui précèdent le solstice d'été, il ne pouvait se former des idées justes touchant la quantité moyenne fournie chaque année, et que d'ailleurs, pour apprécier les services rendus à la Ménagerie par les mesures de police en question, il faudrait examiner si les approvisionnements ainsi obtenus se font avec la régularité nécessaire pour répondre aux besoins quotidiens; car si quinze jours d'abondance sont suivis de quinze jours de disette, on ne pourra profiter des emmagasinements des viandes avariées que l'on ferait pendant la première de ces périodes, pour nourrir les animaux pendant la seconde. Il est aussi à noter que la viande en question n'est pas toute utilisable, même pour les animaux les moins délicats, car la police ne la saisit que lorsqu'elle la considère comme étant insalubre.

Nous n'en reconnaîtrons pas moins que ces fournitures nous sont très-utiles et qu'en les faisant, la Préfecture de police nous rend un véritable service, malgré les frais considérables que les livraisons de viandes saisies nous occasionnent, dépense qui, l'année dernière par exemple, s'est élevée à 4,311 fr. 25 c. Pendant la même année, le prix des viandes achetées pour le service de la Ménagerie s'est élevé à 3,160 fr. 75 c.

Du reste, nous ne présentons ces détails que pour donner un nouvel exemple de la manière dont l'auteur du Rapport traite les questions dont il parle.

7° BOTANIQUE.

RAPPORT (Page 15).

L'ensemble des herbiers comprend 5,400 *cases, contenant* 1,000,000 *de feuilles d'herbier qui représentent environ* 120,000 *espèces. Les trois quarts des espèces de l'herbier général sont déterminées.*

Les plantes sont réunies par genres et classées conformément au Genera plantarum *d'Endlicher publié à Vienne en* 1836. *Chaque genre porte un numéro d'ordre qui correspond aux divisions de cet ouvrage.*

L'herbier général, les herbiers de pays et les Collections historiques ne sont ni inventoriés ni catalogués; les envois sont seulement inscrits sur des livres d'entrée qui obligent à feuilleter parfois tout un genre pour retrouver une plante. De là une lenteur dans les recherches qui est préjudiciable pour l'étude.

RÉPONSE.

§ 47. Les deux premiers passages du Rapport que nous venons de citer, en établissant que les herbiers du Muséum renferment environ 120,000 espèces de plantes distribuées dans 5,400 cases et formant 1,000,000 de feuilles d'herbier, que ces vastes Collections sont classées méthodiquement par familles et par genres et aux trois quarts déterminées spécifiquement, devraient amener le Rapporteur à reconnaître qu'il y a là un travail assez considérable, surtout si l'on fait attention à l'accroissement annuel si rapide de ces Collections (12,000 à 15,000 par an depuis trente ans) pour motiver et excuser l'absence de Catalogues détaillés aux yeux même de ceux qui les considèrent comme une chose essentielle.

Nous ajouterons, quant à ce qui concerne la facilité des recherches et de l'étude, qu'une Collection bien classée méthodiquement offre, aux yeux de tous les naturalistes expérimentés, toutes les facilités désirables pour l'étude, et qu'un inventaire n'aiderait que bien rarement les recherches scientifiques. Nous en avons la preuve dans les nombreux travaux exécutés par des botanistes français et étrangers dans les Collections du Muséum, et dans les témoignages de reconnaissance envers cet établissement qu'ils ont souvent consignés dans leurs ouvrages. Aucun n'a trouvé dans l'absence d'un Catalogue des herbiers un obstacle à ses recherches.

RAPPORT (Page 16).

Le Professeur reconnaît lui-même qu'un Catalogue serait nécessaire ; il exigerait beaucoup de temps et de dépenses, mais on en viendrait à bout en faisant appel à un certain nombre d'hommes spéciaux qui, moyennant rétribution, seraient chargés de la dénomination des familles.

Et plus loin :

Le Professeur a déclaré qu'il eût désiré avoir des employés auxiliaires pour pourvoir à ces besoins qu'il reconnaît, mais dont malheureusement, dit-il, *le Ministre de l'Instruction publique n'a jamais eu connaissance.*

RÉPONSE.

§ 48. Les opinions attribuées au Professeur de Botanique relativement aux Catalogues et à la manière de les exécuter sont exactes, sauf qu'il ne pense pas avoir dit que ces Catalogues étaient nécessaires, car on s'en passe sans inconvénient et les études botaniques n'en souffrent pas, mais qu'ils seraient utiles à la condition d'être faits à un point de vue scientifique et non pas comme un simple inventaire; car des Catalogues scientifiques supposeraient la détermination exacte de toutes les espèces des herbiers et la description des espèces nouvelles, travail évidemment utile pour le Muséum et pour la science.

Il disait aussi, non-seulement qu'il faudrait beaucoup de temps et de dépenses, mais, comme un des membres de la Commission l'a rappelé dans une lettre si précieuse pour la justification de l'Administration du Muséum, il ajoutait qu'il faudrait au moins dix savants pendant dix années pour mener à fin le Catalogue de l'herbier général, c'est-à-dire qu'il faudrait consacrer 200,000 à 300,000 francs pour un travail de ce genre.

Ce chiffre, qui aurait dû s'accroître des sommes qu'exigeraient les Catalogues, non moins nécessaires sans doute, des autres parties du Muséum, a détourné l'Administration de solliciter le Ministre de l'Instruction publique à cet égard, lorsque tant d'autres dépenses bien plus utiles pour le Muséum ne pouvaient pas trouver place au budget.

RAPPORT (Page 16).

La conservation des plantes est généralement satisfaisante ; elle est assurée par leur immersion préalable dans le sublimé après laquelle on les fixe sur des feuilles de papier.

Mais il est vivement à regretter que deux des plus précieuses Collections de la galerie, savoir : l'herbier de l'Amérique équatoriale de Humboldt et Bonpland, et celui d'Antoine-Laurent de Jussieu, donné au Muséum par ses héritiers et comprenant 30,000 *échantillons, ne soient pas catalogués. L'herbier de Jussieu n'est pas même empoisonné, non plus que* 6,000 *plantes environ provenant de l'herbier Pourret et plusieurs autres qu'il serait trop long d'énumérer.*

RÉPONSE.

§ 49. Nous répondrons à ces reproches que l'herbier de Humboldt et Bonpland se trouve catalogué, autant qu'il est nécessaire au point de vue scientifique, par des marques portées sur un exemplaire déposé aux galeries de Botanique du *Synopsis plantarum æquinoxialium orbis novi*, contenant la description des plantes de cet herbier, publié par Kunth, et qu'un relevé de ces indications sur un registre n'ajouterait rien à ce Catalogue ; qu'en ce qui concerne l'herbier de A.-L. de Jussieu, il n'y avait pas un an qu'il avait été remis au Muséum, que cet herbier avait été empoisonné en grande partie par M. de Jussieu, et que, quant au Catalogue, c'est un travail si long à exécuter, que non-seulement il n'aurait pas pu être fait en un an, mais qu'on n'a pu faire jusqu'à présent qu'un travail préparatoire et plus urgent, que nous indiquerons dans l'Appendice placé à la suite de ces réponses au Rapport.

Enfin, les plantes de l'herbier de Pourret ont toujours été empoisonnées à mesure qu'elles sont retirées de l'herbier Barbier pour être intercalées dans l'herbier général ou dans l'herbier de France.

Après avoir parlé des herbiers, le Rapporteur consacre aux autres Collections botaniques le paragraphe suivant :

RAPPORT (Page 16).

Les produits les plus dignes d'intérêt, au point de vue de leur application dans les arts, ne sont pas non plus catalogués, et dans ce nombre il faut remarquer des résines, des gommes, des matières tinctoriales et textiles, des huiles de palme, différentes espèces de baumes et une variété considérable de quinquina.

RÉPONSE.

§ 50. Cette Collection fort intéressante n'est pas, en effet, encore cataloguée : l'absence d'un local où on puisse la ranger convenablement a rendu jusqu'à ce jour ce Catalogue difficile à faire, et les nombreux travaux exigés par les autres Collections l'ont fait ajourner; mais c'est un des plus vifs désirs du Professeur de Botanique que de voir l'extension des locaux consacrés à ces galeries permettre de placer un choix de ces objets sous les yeux du public, et de pouvoir en dresser un Catalogue régulier.

Outre cette Collection des produits végétaux utilisés dans les arts, la médecine ou l'économie domestique, il existe trois autres genres de Collections qui, avec les herbiers, complètent l'ensemble des Collections botaniques, et dont il n'est fait aucune mention dans le Rapport. Ces Collections ne sont pas cependant sans importance, et ce sont elles qui, placées en grande partie dans les armoires vitrées du rez-de-chaussée, attirent l'attention du public. Ce sont les Collections de Fruits secs ou dans l'alcool, de Bois et Tiges diverses, de Végétaux fossiles; ces trois genres de Collections ont chacune un Catalogue spécial par ordre d'entrée, avec numéros correspondants portés autant que possible sur l'objet lui-même en caractères indélébiles; un Catalogue méthodique des Bois, rangés par familles naturelles, complète ces inventaires qui formaient déjà, en 1858, quatre gros registres in-folio.

A cette époque le Catalogue des Fruits atteignait le n° 3,800, celui des Bois dépassait le n° 4,900, celui des Fossiles s'élevait à 6,150. Ces Catalogues ont été mis, en 1858, sous les yeux des membres de la Commission lorsqu'elle a visité les laboratoires.

L'omission dans le Rapport de l'existence de ces Collections, les plus apparentes des galeries de Botanique, et de toute mention des Catalogues dont elles sont l'objet, quand on insiste sur celles qui ne sont pas cataloguées, ferait croire qu'on n'a voulu consigner dans ce Rapport, dont on a vanté l'impartialité, que ce qui paraissait pouvoir donner lieu à quelque reproche.

RAPPORT (Page 17).

Les prêts sont portés sur un registre ou main courante, mais ils ne ressortissent à aucun employé spécial. Il en résulte qu'il n'existe aucune responsabilité pour ce service et aucune garantie vis-à-vis de l'emprunteur.

RÉPONSE.

§ 51. Nous répondrons à ce passage du Rapport que les prêts n'ont lieu que dans des cas fort rares, en général pour des publications faites par ordre du Gouvernement, telles que l'ouvrage sur l'Algérie, le voyage de M. de

Castelnau, le voyage de *la Bonite*, etc., etc.; que les auteurs de la partie botanique de ces ouvrages, souvent collecteurs eux-mêmes des objets dont ils demandent communication, ont un droit tout spécial à ces prêts d'échantillons recueillis le plus souvent par leurs soins, et qui n'ont pas encore pris place dans l'herbier général.

Ces prêts, qui ne se font que par portions remises successivement et enregistrées, ont pu donner lieu à quelques pertes d'objets égarés par défaut de soin; mais se montrer trop sévère dans des cas semblables, ce serait tarir une source importante de nos Collections et entraver des publications utiles et souvent officielles.

En dehors de ces cas particuliers, les échantillons communiqués à quelques auteurs de travaux importants ne sont que des doubles, les échantillons uniques ne sortant pas du Muséum ou n'étant communiqués que pour peu de jours à des dessinateurs. Enfin, quant à la responsabilité de ces prêts, elle incombe complétement sur le Professeur, sans l'autorisation duquel aucun prêt ne peut avoir lieu.

RAPPORT (Page 17).

Partout les cabinets sont encombrés et envahis par la poussière.

RÉPONSE.

§ 52. Quant à l'encombrement, nous sommes loin de le nier, car nous réclamons depuis longtemps contre le défaut de place pour ces Collections, comme pour toutes celles du Muséum et tous les jours le besoin de locaux plus vastes se fait sentir davantage; mais il ne dépend pas des Professeurs de remédier à cet encombrement, à moins de refuser les richesses nouvelles qui arrivent chaque jour au Muséum, et même de rejeter une partie de celles qu'il possède. Des bâtiments plus étendus pour les Collections botaniques, comme pour les autres parties du Muséum, sont le seul moyen d'y remédier, et ce moyen n'est pas à la disposition de l'Administration du Muséum.

Devons-nous prendre au sérieux le reproche d'avoir des cabinets envahis par la poussière? Il peut s'en trouver dans quelques dépôts de doubles ou d'objets sans valeur sur les enveloppes qui les renferment; mais pour les objets classés et rangés, ils en sont préservés autant que le permettent les meubles qui les renferment.

8° ANTHROPOLOGIE.

RAPPORT (Page 17).

On est étonné de rencontrer, mêlés aux classifications relatives à l'histoire de chaque race humaine (squelettes, têtes osseuses, bustes, etc.), des squelettes de chiens, de loups, de renards, de chacals, qui sont là, faute d'avoir pu trouver place dans la galerie d'Anatomie comparée.

RÉPONSE.

§ 53. Les termes du Rapport feraient évidemment penser qu'il y a dans l'ensemble des galeries d'Anthropologie un mélange d'objets très-disparates; que l'on trouve sur plusieurs points, tout à côté les uns des autres, des squelettes d'hommes et d'animaux. Rien de pareil n'a jamais existé.

A l'époque où se faisait l'enquête, la Commission a pu voir des squelettes d'hommes et de Mammifères réunis dans deux salles seulement. Mais l'une de ces salles, quoique renfermant la Collection anthropologique de Cuvier, n'appartient pas à la chaire d'Anthropologie. L'Administration, voulant respecter l'ensemble des Collections réunies par notre grand naturaliste et rester fidèle à sa tradition, a laissé cette salle sous la dépendance de l'Anatomie comparée. Par cela seul des squelettes d'animaux y sont évidemment à leur place.

L'autre salle appartient à l'Anthropologie, et il est vrai que des squelettes de Mammifères y avaient été momentanément déposés, *faute d'avoir pu trouver place dans la galerie d'Anatomie comparée* (ce sont les termes du Rapport). Ils ont été retirés depuis; mais, tant qu'ils y sont restés, ils ont été placés sur une armoire très-élevée, complétement à part des objets relatifs à l'étude de l'homme.

Le *mélange* dont parle le Rapport n'existait donc pas, même dans cette pièce unique, la seule qui ait pu fournir un prétexte aux expressions du Rapport.

RAPPORT (Page 17).

Enfin on trouve dans les greniers des amas de crânes, d'ossements, de portions de squelettes et de tronçons de momies, parmi lesquels gît une caisse non fermée contenant une momie donnée en 1854 par le prince Charles Bonaparte.

RÉPONSE.

§ 54. Remarquons d'abord que ces *greniers* sont les seuls magasins dont dispose l'Anthropologie, et que par conséquent on ne peut déposer ailleurs les objets destinés à prendre place plus tard dans les galeries.

Quant à l'état de choses que le Rapport signale, il est aisé de le justifier.

I. Les débris dont parle le Rapport proviennent de deux sources :

1° Des dons faits au Muséum. — La libéralité de nos donataires n'est pas toujours très-éclairée, et le Professeur d'Anthropologie reçoit parfois des fragments de squelettes dont il ne peut faire aucun usage, soit pour l'étude, soit pour les Collections.

2° Les débris dont il s'agit proviennent encore et surtout des fouilles exécutées dans Paris. — En présence des grands travaux qui remuent le sol de la capitale, les Professeurs d'Anthropologie ont cherché à recueillir tout ce qui peut éclairer l'histoire anatomique des populations parisiennes. Dans ce but, et après s'être pourvus auprès des autorités compétentes, ils s'entendent avec les ouvriers. Or, il est évident qu'ils ne peuvent surveiller sans cesse les fouilles, pour ne transporter au Muséum que des objets utiles. Ils reçoivent donc assez souvent des quantités considérables d'ossements dont la très-grande majorité ne peut servir à rien. Cette manière de procéder a quelques inconvénients; elle accroît le travail du Professeur et de ses aides; mais aussi elle a l'avantage de permettre un choix raisonné et fait à loisir. Souvent, au milieu de centaines de pièces sans valeur, on a fini par en trouver quelqu'une dont la possession compensait, et bien au delà, la peine et le temps employés à la découvrir.

Quelle que soit l'origine des ossements jugés inutiles, ils sont provisoirement remisés dans les *greniers* servant de magasins, pour être plus tard transportés au cimetière avec les égards dus aux restes humains et en se conformant aux règles admises en pareil cas pour les amphithéâtres de dissection.

On voit qu'il n'y a rien que de fort simple et de très-régulier dans l'existence des *amas d'ossements* signalés par le Rapport.

II. Reste la momie donnée par le prince Charles Bonaparte, et que le Rapport semble accuser le Muséum d'avoir négligée outre mesure.

Cette pièce est en effet restée longtemps en magasin ; elle n'a été exposée que tout récemment. La raison en est fort simple.

Faute d'employés et de fonds, nous ne pouvons souvent utiliser aussi vite qu'il serait à désirer tous les objets emmagasinés. Or, la galerie possédait déjà plusieurs momies. Le Professeur a donc cru devoir s'occuper d'abord d'objets présentant un intérêt plus immédiat, parmi lesquels il peut citer la remarquable Collection des races boréales donnée au Muséum par Son Altesse le prince Napoléon, et qui a comblé dans nos Collections une lacune très-regrettable.

Quant à la momie dont il s'agit, elle n'a nullement souffert de ce retard, comme il est facile de s'en assurer. On sait, en effet, que des objets de cette nature se conservent très-bien dans une caisse, *même ouverte*, à la seule condition d'être placés dans un lieu sec comme le sont nos *greniers*, c'est-à-dire nos magasins.

RAPPORT (Page 17).

En mentionnant cette confusion, au moins apparente, nous devons nous empresser de reconnaître tout ce que l'insuffisance des locaux doit y prendre de part.

RÉPONSE.

§ 55. Mais alors pourquoi ne pas dire que le Professeur et l'Administration ont été les premiers à déplorer cette insuffisance, ce dont font foi les procès-verbaux de nos Assemblées et les notes remises par le Professeur?

Pourquoi surtout ne pas signaler la cause réelle de cette insuffisance, c'est-à-dire l'activité que les Professeurs ont mise à créer et à agrandir cette Collection d'Anthropologie, la plus récente de toutes celles que possède le Muséum?

Les collections dépendantes de l'Anthropologie ne datent que de 1832. Elles ont été réunies *en entier* par trois Professeurs encore vivants, qui se sont succédé dans cette chaire, savoir : MM. Flourens, Serres et le Professeur actuel.

Or, dès 1857, ces Collections étaient hautement proclamées comme sans rivales dans le monde entier, par M. Gliddon, un des plus célèbres anthropologistes américains, lequel venait d'étudier toutes les Collections de l'Europe (Types of Mankind, t. II, p. 608).

La valeur marchande de nos têtes osseuses seulement, calculée d'après le prix payé dans une vente après décès pour la Collection de Morton (Catalogue of human crania in the Collection of the Academy of Natural Science of Philadelphia, by Aitken Meigs, 1857, p. 1), cette valeur, dis-je, est aujourd'hui de 126,400 francs. (*Voir* l'Appendice, n° **2**, § 1, page 105.) C'est, on le voit, une plus-value annuelle moyenne de plus de 4,000 francs pour cette seule partie des Collections anthropologiques, sans parler des squelettes entiers, des bustes et des corps moulés et coloriés sur nature, des préparations anatomiques, etc. (*Voir* l'Appendice, n° **2**, § 2, page 106.)

Voilà quelques-uns des résultats obtenus avec un personnel insuffisant et une allocation annuelle de 1,300 francs, devant suffire aux achats et aux frais de cours. (*Voir* l'Appendice, n° **2**, § 3, page 106.)

Qui croira que ces résultats eussent été possibles, si les Professeurs avaient négligé l'accroissement et l'entretien de leurs Collections?

Qui ne verra dans ces progrès mêmes l'unique cause de cette *insuffisance des locaux* reconnue, mais non pas expliquée, par le Rapport? (*Voir* l'Appendice, n° **2**, § 4, page 107.)

9° JARDIN.

RAPPORT (Page 17).

Le service des cultures, le plus vaste du Muséum, se subdivise en plusieurs sections, dirigées par un nombre égal de surveillants spéciaux ayant sous leurs ordres 40 journaliers et 18 élèves, et placés eux-mêmes sous la direction de deux jardiniers en chef.

RÉPONSE.

§ 56. Il n'y a actuellement qu'un seul jardinier en chef.

Le Professeur de culture a démontré à la Commission l'insuffisance de son personnel, qui ne correspond qu'à la moitié du nombre d'ouvriers considéré comme nécessaire chez les maraîchers, pour l'exploitation d'une même étendue de terrain. Il est de 6 par hectare chez les maraîchers, et seulement de 3 $\frac{1}{4}$ au Muséum.

RAPPORT (Page 17).

Ce personnel est insuffisant, au moins pendant une partie de l'année : il est mal rétribué; un certain nombre d'ouvriers ne reçoivent que 2 fr. et 2 fr. 50 c. par jour.

RÉPONSE.

§ 57. On vient de faire voir que ce personnel est toujours insuffisant. Les ouvriers terrassiers et les élèves jardiniers sont trop faiblement rétribués au Muséum, personne ne le conteste; mais il en est de notre établissement, sous le rapport du salaire des jardiniers proprement dits, comme des autres jardins renommés, tels que ceux de Kew, de Berlin, de Vienne, etc., où l'instruction qu'y puisent les jardiniers est considérée comme un dédommagement de l'insuffisance du salaire. Les ouvriers l'envisagent à ce point de vue, puisque cette partie du personnel comprend toujours un certain nombre d'étrangers, et qu'en ce moment encore il s'y trouve des Belges, des Allemands, un Suédois, un Polonais et un Russe. Le Muséum n'est donc point déchu, sous ce rapport, de son ancienne et bonne renommée.

RAPPORT (Page 18).

Il n'existe pas d'inventaire général, mais chacun des services mentionne sur un Catalogue particulier les opérations qui lui sont propres.

RÉPONSE.

§ 58. Il existe un Catalogue général de toutes les plantes cultivées à l'École de Botanique et dans les serres, sans compter les Catalogues spéciaux du fleuriste, des arbres fruitiers, des plantes économiques, etc., ainsi qu'un Registre général d'entrée pour tous les végétaux, et des Catalogues courants qui relatent les semis exécutés dans les différents services.

RAPPORT (Page 18).

Les plantes du Jardin Botanique ont, en général, des étiquettes: il n'en est pas de même des arbres et arbustes, qui n'ont que des numéros d'ordre correspondant à des Catalogues. Cette absence d'indications, commune à tous les carrés, étonne particulièrement dans ceux qui sont accessibles au public.

RÉPONSE.

§ 59. Toutes les plantes du Jardin Botanique, sans exception, sont étiquetées conformément à la nomenclature admise. L'École de Botanique du Muséum est universellement reconnue pour la plus vaste, la plus riche et la mieux étiquetée qu'il y ait en Europe.

Il en est de même des carrés accessibles au public. Toutes les plantes ont leur étiquette en français et en latin. Mais on conçoit que l'étiquetage ne saurait s'étendre aux plantes annuelles d'ornement, parce que ces plantes ne restant pour la plupart dans les plates-bandes de ces carrés que pendant un petit nombre de jours, pour être remplacées par d'autres, il faudrait changer en même temps tout l'étiquetage ; ce serait un surcroît de besogne pour les ouvriers, et un travail sans utilité, puisque toutes les plantes mises successivement dans ces carrés ont leurs similaires étiquetées à l'École de Botanique, où il est loisible à chacun de les observer depuis 6 heures du matin jusqu'à 6 heures du soir.

RAPPORT (Page 18).

La construction et le système de chauffage de la grande serre, dite Orangerie, *laissent beaucoup à désirer : les plantes qu'elle renferme, quoique de genres divers, sont toutes soumises au même régime, dont elles ne peuvent s'accommoder également.*

RÉPONSE.

§ 60. Personne ne conteste la défectuosité *actuelle* du grand local construit vers 1800, et connu sous le nom d'Orangerie; mais l'Administration du Muséum est forcée de le conserver tel qu'il est, et avec son mode de chauffage qui ne saurait être modifié, à moins d'une disposition nouvelle du bâtiment. C'est, au reste, le Professeur de Culture, et non la Commission, qui a fait observer qu'au lieu d'un seul local il y aurait un très-grand avantage à avoir plusieurs petites serres spéciales, entre lesquelles les végétaux seraient répartis par régions climatériques, et où chacune de ces catégories recevrait le traitement le mieux approprié à sa nature.

RAPPORT (Page 18).

Les châssis de bâches des carrés des semis et de vérification sont dans un état de délabrement complet.

RÉPONSE.

§ 61. Le Professeur de Culture appelle de tous ses vœux le moment où les coffres en bois seront remplacés par des constructions en maçonnerie, ou tout au moins en briques. C'est au surplus une question d'argent, comme les modifications proposées dans l'article qui précède.

RAPPORT (Page 18).

Dans cette serre, comme sous les châssis, il n'existe aucun numéro d'ordre sur les objets, les constatations sont impossibles, et rien n'y peut suppléer à l'absence d'un inventaire général.

RÉPONSE.

§ 62. Allégation erronée. Les plantes de l'Orangerie sont étiquetées aussi bien que les autres. Celles qui ont une certaine taille, les arbres et les arbustes, portent une étiquette ostensible; quant aux petites plantes en pots, il n'est plus possible de les étiqueter de la même manière; on y supplée par des plombs portant un millésime et un numéro qui correspondent à un Catalogue, où on trouve sans difficulté le nom de la plante.

RAPPORT (Page 18).

Quant aux serres proprement dites, qui renferment environ 6,000 espèces cultivées, elles sont, en général, insuffisantes, tant par leur étendue que par leur hauteur, et le mode d'aération en est des plus vicieux. Le système de chauffage, d'où résulte annuellement une consommation de 120,000 à 150,000 kilog. de charbon, équivalente à une dépense de 10,000 francs, est trop coûteux et ne présente pas toutes les garanties désirables de sécurité.

RÉPONSE.

§ 63. Il y a plus de vingt ans que l'Administration du Muséum demande l'achèvement des serres, et qu'elle en a fait exécuter les plans.

Celles qui existent aujourd'hui sont encombrées, et l'encombrement augmente sans cesse, tant par suite de l'accroissement des plantes déjà existantes que par les nouvelles acquisitions.

Quant au système de chauffage, c'est encore celui dont on se servait il y a trente ans. L'appareil en a été installé sous la direction de M. Gay-Lussac, et à cette époque il a répondu à l'effet qu'on en attendait. Depuis lors le système s'est amélioré, mais le changement de l'appareil actuel entraînerait une dépense considérable, et qui n'est pas la plus urgente. Les craintes exprimées par la Commission sur le danger de ce mode de chauffage sont sans fondement; depuis trente ans que l'appareil fonctionne, il n'a donné lieu à aucune espèce d'accident sérieux. Au surplus, il est attentivement surveillé par une Commission spéciale.

RAPPORT (Page 18).

Les parterres des plantes vivaces d'ornement et celui des plantes économiques sont fermés au public. La même interdiction s'étend à plusieurs autres cultures.

L'accroissement du nombre des agents de surveillance permettrait d'y donner utilement accès.

RÉPONSE.

§ 64. Les carrés renfermant les principales plantes alimentaires, économiques ou médicinales sont ouverts au public et étiquetés, comme on vient de le voir, mais ce n'est pas sans raison que certains autres carrés lui sont fermés. Ces derniers, réservés à la culture des plantes alimentaires, sont des jardins d'expériences consacrés à l'étude ou au contrôle des espèces litigieuses. L'espace est d'ailleurs si bien compté, que, par exemple dans l'École des arbres fruitiers, le Professeur de Culture s'est vu contraint de supprimer la moitié des sentiers pour donner aux arbres l'espace nécessaire. A aucune époque de l'année on ne pourrait admettre impunément le public dans une école d'arbres fruitiers.

RAPPORT (Page 18).

Les graines sont recueillies dans des laboratoires, où elles donnent lieu à trois manipulations distinctes. Placées dans des sacs, elles sont d'abord déposées au séchoir, ensuite classées par familles, puis enfin triées et mises en sachets étiquetés.

Sur cette récolte, le Muséum prélève d'abord sa réserve. Le reste demeure à la disposition des établissements publics de France et de l'étranger, et des particuliers. La moyenne des espèces récoltées annuellement est d'environ 4,000, formant ensemble 30,000 *sachets de graines botaniques, sans y comprendre les légumineux destinés aux particuliers.*

RÉPONSE.

§ 65. Ce service est sans exemple ailleurs. Il nécessite des connaissances toutes spéciales et des soins particuliers, quand il s'agit de préparer sans la moindre confusion plus de 6,000 espèces de graines. La totalité des sachets de graines distribués par les soins de l'Administration, soit aux établissements scientifiques français ou étrangers, soit aux Colonies, soit enfin aux établissements privés ou aux particuliers, conformément au règlement constitutif du Muséum, s'élève annuellement à plus de 90,000. L'Administration envoie tous les ans le relevé de ces distributions à S. Exc. M. le Ministre de l'Instruction publique.

RAPPORT (Page 19).

Les quantités de graines ne sont pas inventoriées. Il existe seulement des Catalogues.

RÉPONSE.

§ 66. Le travail serait interminable si les jardiniers étaient obligés de peser ou de mesurer les graines recueillies dans l'établissement. Un grand nombre d'espèces, par exemple, ne donnant annuellement que des fractions de gramme de semence, on se demande comment les ouvriers, déjà presque surchargés par le triage des graines et l'étiquetage de milliers de sachets, pourraient se tirer de cette nouvelle complication, dont il est d'ailleurs difficile de comprendre l'utilité. La chose essentielle est qu'il y ait un Catalogue, et que ce Catalogue, imprimé et remanié tous les ans, soit envoyé à M. le Ministre de l'Instruction publique, puis communiqué aux Jardins Botaniques de France et de l'étranger.

RAPPORT (Page 19).

Il est fait, chaque année, des concessions de graines, d'arbres et d'arbustes, tant en France qu'à l'étranger. Ces concessions ou envois se sont répartis de la manière suivante en 1858 :

Établissements publics	178	envois.
Savants	99	
Jardiniers cultivateurs	68	
Employés supérieurs civils ou militaires	18	
Particuliers	595	
Total	958	

Ces libéralités, quand elles ont une certaine importance, doivent, en principe, être soumises à l'Assemblée ou au Ministre. Elles sont, en général, laissées à l'appréciation du Professeur, qui demeure juge de l'admission ou du rejet des demandes.

RÉPONSE.

§ 67. Cette mesure nous a toujours paru la plus sage, nous disons même la seule praticable. M. le Rapporteur croit-il, en effet, que si les 958 demandes dont il a constaté l'arrivée à l'Administration du Muséum devaient toutes passer sous les yeux de M. le Ministre de l'Instruction publique, pour suivre la filière des bureaux, et arriver en dernier lieu au Professeur de Culture, les choses en allassent mieux ou plus vite, et offrissent plus de garantie à l'État? Nous ne l'avons jamais pensé. Toutes les distributions d'arbres, de graines, de plantes de serres, etc., se font actuellement avec ordre et célérité, sans augmentation d'un centime de dépense, et avec le personnel ordinaire.

RAPPORT (Page 19).

Ces libéralités sont en général laissées au Professeur de Culture, qui demeure juge de l'admission ou du rejet des demandes.

RÉPONSE.

§ 68. Il est impossible qu'il en soit autrement. Prenons au hasard deux demandes au milieu de ces 958 lettres: l'une émane du Directeur de la ferme-école de G..., qui sollicite l'envoi des plantes suivantes : *Caladium, Arisæma, Globba nutans, Hoya, Pandanus, Maranta, Phrynium, Ipomœa tuberosa*, etc. Ces plantes sont-elles alimentaires, industrielles, fourragères, comme on pourrait être tenté de le croire? Nullement; ce sont des végétaux exotiques, très-rares, de serre chaude, et dont le Muséum ne possède qu'un ou deux individus. En présence d'une semblable liste, on écrit au Directeur de la ferme-école de G... que l'Administration du Muséum regrette de n'être pas en mesure d'accorder les plantes demandées.

Autre exemple : M. Pintschorius, instituteur à Strasbourg, en Ukermark, s'adresse au Muséum pour obtenir les plantes suivantes : *Paradisia liliastrum, Valeriana tuberosa, Phytolacca decandra, Lathyrus tuberosus, Festuca ovina, Lactuca virosa*, etc., etc. Le Professeur de Culture, « qui demeure juge de l'admission ou du rejet des demandes, » fait immédiatement expédier ces plantes, par la raison que la demande de M. Pintschorius porte sur des végétaux indigènes sans valeur vénale, et dont le Muséum peut disposer sans nuire aux Collections. N'est-il pas évident que si ces demandes arrivaient directement au Ministère de l'Instruction publique, on se trouverait nécessairement amené à les soumettre à la seule personne compétente, qui est le Professeur de Culture? Au surplus, comme le moindre objet qui sort du jardin se trouve enregistré, l'État peut facilement se rendre compte des libéralités qu'il fait, et dont en définitive il recueille les bénéfices en entretenant des relations éclairées et bienveillantes, soit entre les Directeurs des établissements scientifiques, soit entre le Muséum et les particuliers.

RAPPORT (Page 19).

Il existe un Catalogue de distribution (de graines ou de plantes) où chaque demande porte un numéro d'inscription, et sur lequel sont mentionnés le nombre des individus concédés, le nom du destinataire, mais sans indication des espèces.

RÉPONSE.

§ 69. Pour quiconque a la pratique des jardins botaniques, les quantités de graines récoltées ne sauraient être inventoriées sans un accroissement aussi énorme qu'inutile du travail des jardiniers. En effet, si l'Administration du Muséum distribue en moyenne 95,000 sachets de graines, 5 ou 6,000 arbres, arbustes, plantes ou greffes, ces nombres seuls n'indiquent-ils pas assez que la désignation nominative, au registre d'envoi, de toutes les espèces distribuées accroîtrait dans une effrayante proportion le travail des écritures et le nombre des registres? On ne voit pas d'ailleurs quel intérêt s'attacherait à cette désignation. Il suffit à l'État, lorsqu'il s'agit de demandes considérables, ou de demandes faites par des établissements d'utilité publique, les pépinières, les jardins coloniaux, par exemple, de savoir si les Collections envoyées se composent de plantes d'agrément, de plantes économiques, de légumes, de graines, de plantes fourragères ou médicinales. Personne ne doute qu'un interminable Catalogue de plus de 200,000 noms (*Datura ceratocaula, Dioscorea batatas, Chærophyllum bulbosum, Acer macrophyllum, Cinara cardunculus, Phleum pratense, Mentha pulegium*, etc., etc.) ne fût ici une surcharge inutile, qui ne dirait rien à l'esprit et sur laquelle les fonctionnaires de l'État ne jetteraient même pas les yeux. D'ailleurs, un tel détail d'écritures nécessiterait une augmentation du personnel, puisque avec la simplification actuelle les employés du laboratoire des graines ont à peine le temps suffisant, entre la fin des travaux d'automne et la reprise de ceux du printemps, pour trier les graines, les diviser en paquets, les étiqueter, les expédier et les inscrire sommairement au registre. Et puis il n'y aurait pas de raison pour ne pas demander au pépiniériste de l'établissement de dresser un semblable Catalogue pour les cinq ou six mille arbres, arbustes et greffes qu'il expédie dans le courant de l'hiver. Ici encore ce serait une complication des plus inutiles.

RAPPORT (Page 19).

Quant aux récoltes de fruits, elles sont données aux sœurs de charité du XIIe arrondissement, à l'asile de Ménilmontant, ou à d'autres bureaux de bienfaisance. Les fruits qui ne parviennent pas à maturité, ou qui sont plus ou moins gâtés, sont abandonnés à la Ménagerie. Ces distributions sont toujours faites par paniers, dont un registre mentionne seulement le nombre.

RÉPONSE.

§ 70. Encore une allégation erronée. Le registre mentionne, non-seulement le nombre, mais encore le poids des paniers de fruits expédiés aux établissements de charité. C'est ainsi, pour n'en citer que quelques exemples, qu'en 1850 il a été donné 295 paniers ou 3,540 kilog.; en 1852, 132 paniers du poids de 1,584 kilog.; en 1857, 213 paniers du poids de 2,652 kilog.; en 1861, 71 paniers du poids de 852 kilog.; en 1862, 90 paniers ou 1,080 kilog., etc., etc. M. le Ministre est instruit annuellement de ces libéralités.

RAPPORT (Page 19).

Les fleurs des orangers ne sont pas récoltées; le public les ramasse en partie.

RÉPONSE.

§ 71. Les fleurs d'orangers, sous le climat pluvieux de Paris, n'ont relativement que peu de parfum, et leur valeur vénale est aujourd'hui très-faible. C'est à peine si elle couvrirait les frais de récolte, et nous avons déjà vu que le personnel était insuffisant pour les travaux sérieux. Au surplus, le Muséum ne possède que 22 caisses d'orangers, et nous ne voyons pas dès lors quel inconvénient il peut y avoir à en abandonner les fleurs aux pauvres gens du quartier.

RAPPORT (Page 19).

Il n'existe pas de compte écrit pour les caisses pleines ou vides appartenant aux serres chaudes ou tempérées, et qui s'élèvent à 536.

RÉPONSE.

§ 72. Les caisses se fabriquent dans l'établissement, et leur nombre varie d'une année à l'autre. Le chiffre fourni à la Commission répond à une moyenne. On conçoit que, puisque les plantes grandissent et meurent, le nombre des caisses vacantes ou occupées varie sans cesse, et qu'elles servent, suivant les circonstances et leur état de conservation, à des plantes très-différentes.

RAPPORT (Page 19).

Le mouvement des poteries n'est pas constaté davantage, bien que, d'après le recensement qui vient d'être fait, le nombre de pots s'élève à 8,000 dans les serres tempérées, et à 15,159 dans les serres chaudes.

RÉPONSE.

§ 73. Nous ne comprenons pas qu'il puisse y avoir des registres destinés à consigner, autrement qu'en gros, le mouvement des poteries. Une même plante passe quelquefois, en une année, dans cinq ou six pots de grandeur différente, et ces dépotages et rempotages successifs s'exécutent sur plusieurs milliers de plantes. Or, si chaque pot devait porter un numéro matricule, comme semble le désirer M. le Rapporteur, comment pourrait-on exiger des jardiniers et de leurs ouvriers de prendre note de ce numérotage, et dans quel but? Les pots d'ailleurs sont sujets à se briser, et, quelque soin qu'on en prenne, il y a toujours un certain déchet d'où résulteraient des lacunes tous les jours plus nombreuses dans la série des numéros. S'imposer l'observance d'une semblable réglementation serait se condamner à ne trouver aucun jardinier qui consentît à se charger de la manipulation des poteries de l'établissement. Quant aux accidents, inévitables dans cette partie du service, à raison de la fragilité des objets, la perte est moins grande qu'elle ne le semblerait au premier abord, attendu que les tessons sont employés au drainage des caisses et des pots, et que, si on ne les avait pas sous la main, il faudrait les remplacer par d'autres objets de même nature, des briques, par exemple, presque aussi coûteux d'achat que des pots neufs.

9° BIBLIOTHÈQUE.

RAPPORT (Page 21).

Les laboratoires du Muséum achètent aussi quelques ouvrages usuels sur leurs propres fonds. Il serait à désirer qu'on en formât un Catalogue distinct, qui serait rédigé par les Professeurs et remis au Bibliothécaire. Celui-ci ignore aujourd'hui le nombre et la nature des livres qui ont été achetés ainsi en dehors de son service; ils ne sont inventoriés nulle part.

RÉPONSE.

§ 74. Ici encore M. le Rapporteur se trompe. Les livres en question, faisant partie du matériel des laboratoires, sont inscrits sur l'inventaire de ce matériel.

Il est aussi à noter que ces livres, en très-petit nombre, sont consacrés uniquement aux travaux spéciaux de détermination dont les employés de chacun des laboratoires sont chargés, et qu'ils n'ont rien de commun avec le service de la Bibliothèque. M. le Bibliothécaire n'a donc aucun contrôle à exercer sur ces livres; cependant nous avions pensé qu'il pourrait être utile de lui fournir, à titre de renseignement, des Catalogues desdits ouvrages, et les listes en avaient été déposées entre ses mains. Le vœu exprimé par M. le Rapporteur était donc réalisé avant d'avoir été formé par la Commission d'enquête.

RAPPORT (Page 21).

Les livres et dessins ne sont prêtés qu'aux Professeurs sur leur signature. Ces emprunts, qui, depuis vingt ans, s'élèvent à 10,260, *sont constatés par trois enregistrements différents; mais, conformément aux règlements, leur durée dépasse parfois plusieurs années.*

RÉPONSE.

§ 75. Le grand nombre de livres que les Professeurs empruntent successivement à la Bibliothèque du Muséum ne saurait être blâmé; car l'emploi de beaucoup de ces livres dans les laboratoires est indispensable pour les travaux de détermination qui doivent y être faits, et si les naturalistes du Muséum s'en servent pour des travaux de recherches dont la science profite, ils ne font que remplir les devoirs qui leur sont imposés par leur charge.

Quant à la durée de ces emprunts, elle est toujours subordonnée aux besoins du service de la Bibliothèque. Lorsque les lecteurs ne demandent pas le livre qui a été emprunté, on n'en exige pas le renvoi tant que le Professeur à qui on l'a confié en a besoin; mais dès que M. le Bibiothécaire croit devoir le réclamer pour le service du public, il le redemande, et comme les ouvrages empruntés de la sorte restent toujours dans l'intérieur de l'établissement, il peut les faire rentrer immédiatement. Dans la pratique, les faits signalés par M. le Rapporteur n'offrent donc aucun inconvénient, car les rappels ont toujours l'effet voulu, et si un livre reste parfois entre les mains d'un Professeur pendant plus longtemps que le règlement ne le comporte, c'est que la présence dudit livre pour le service de la salle de lecture n'a pas été jugée nécessaire par M. le Bibliothécaire.

APPENDICE.

OBSERVATIONS RELATIVES AUX SERVICES SPÉCIAUX ET A L'ACCROISSEMENT DES COLLECTIONS DU MUSÉUM.

N° 1.

Note sur l'accroissement des Collections zoologiques du Muséum depuis la fin du siècle dernier jusqu'en 1858, et sur les Catalogues des objets composant ces Collections.

§ 1. De même qu'on juge les hommes par leurs actions, on doit juger les institutions par les résultats qu'elles donnent, et, avant de condamner le mode d'Administration qui régit le service de la Zoologie, comme les autres parties du Muséum, il nous aurait semblé équitable de dire ce qu'il a produit. M. le Rapporteur ne paraît avoir vu que les choses jugées critiquables par la Commission dont il dirigeait les travaux, ou du moins il ne tient aucun compte des services rendus, et c'est ainsi qu'il arrive à cette conclusion : que, dans un établissement organisé de la sorte, il ne saurait y avoir *ni ordre, ni régularité, ni progrès*. A la page 26 de son Rapport (nous allions dire de son Réquisitoire), on trouve ces paroles; on peut y lire aussi qu'il existe dans notre mode d'Administration collective un *vice capital* et que *ce vice a porté ses fruits*.

Nous suivrons M. le Rapporteur sur ce terrain; mais, nous plaçant à un point de vue qui n'est pas le sien, nous exposerons le pour et le contre. Ainsi, au sujet des Collections zoologiques dont il est ici question, nous montrerons ce qui a été fait sous le régime de la Direction unitaire auquel la Commission d'enquête voudrait revenir, et ce qui a été obtenu par l'Administration collective dont le Rapport parle en termes si durs.

Nous n'aurons que peu de choses à dire de ces Collections pendant la longue période durant laquelle la Direction du Jardin du Roi fut confiée à un chef unique, car elles ne s'accrurent qu'avec une lenteur extrême. Ainsi, en 1739 (par conséquent après plus d'un siècle d'existence), cet établissement ne possédait qu'un très-petit nombre de squelettes et quelques autres objets sans importance. La totalité de ses Collections d'Histoire naturelle était logée dans trois petites pièces, dont deux seulement étaient accessibles au public, et trente ans plus tard, lorsque Buffon créa le noyau du cabinet actuel, deux salles lui suffirent pour loger tous les animaux qu'il était parvenu à réunir. Sous l'influence de l'Administration collective instituée vers la fin du siècle dernier, les choses marchèrent plus rapidement. L'édifice consacré aux Collections fut d'abord élevé d'un étage, puis considérablement agrandi, de manière à acquérir les dimensions qu'il offre aujourd'hui. Ce *progrès* fut accompli en 1811; mais en peu d'années ce bâtiment devint de nouveau insuffisant pour contenir toutes les richesses scientifiques du Muséum, et les Professeurs-Administrateurs sollicitèrent vivement la construction de galeries plus vastes. En 1835, ce vœu fut réalisé en partie, et les Collections zoologiques purent alors s'étendre dans les salles consacrées jadis aux minéraux et aux fossiles aussi bien qu'aux animaux. Cet espace était cependant insuffisant pour le rangement méthodique de nos Collections, et les Professeurs-Administrateurs sollicitèrent la construction d'un édifice nouveau pour le service de la Zoologie. Les plans en furent dressés et mûrement discutés; mais les crédits nécessaires pour les exécuter ne furent pas ouverts.

Ce court exposé des besoins croissants du Muséum pourrait suffire pour montrer que M. le Rapporteur se trompe quand il considère le mode d'Administration de cet établissement comme incompatible avec le progrès, et, lorsqu'on examine les choses de plus près, on ne tarde pas à reconnaître que sous ce régime ce n'est pas seulement l'ensemble de la Collection zoologique qui s'est accru si rapidement, mais que toutes ses parties ont grandi à la fois.

Pour montrer qu'il en a été ainsi, nous aurons recours aux chiffres, et ce genre d'argument, qui parfois n'est pas dénué d'une sorte d'éloquence à laquelle nous ne sommes pas indifférents, ne nous fera pas défaut, bien que, suivant M. le Rapporteur, l'*ordre* et la *régularité* manqueraient au Muséum non moins que le *progrès*.

Commençons par la classe la plus élevée du règne animal, celle des MAMMIFÈRES.

En 1766, Buffon installa la Collection mammalogique dans l'édifice qui la contient encore aujourd'hui, et vingt-deux ans après, à l'époque de la mort de ce naturaliste célèbre, elle se composait de 75 individus.

En 1804, environ dix ans après l'organisation nouvelle du Muséum sous le régime de l'Administration collective, la galerie d'Histoire naturelle renfermait déjà 443 Mammifères.

Le 1er janvier 1809, on y compta 911 individus appartenant à la même classe. Par conséquent, en cinq ans, sous ce régime réputé incompatible avec tout progrès, la Collection mammalogique avait plus que doublé, et son accroissement avait été presque six fois plus grand que pendant les ving-deux années de la Direction unique, lorsque cette Direction était cependant entre les mains de Buffon.

En 1823, toujours sous le régime de l'Administration collective, le Musée mammalogique contenait environ 1,500 individus, et en 1858, lors des visites de la Commission présidée par M. le général Allard, on compta dans nos galeries 3,711 Mammifères.

Depuis l'époque où M. Isidore Geoffroy Saint-Hilaire a eu entre les mains cette partie du service, soit comme suppléant de son père, soit comme Professeur titulaire, jusqu'au moment où les résultats de sa gestion furent examinés par l'auteur du Rapport, le progrès réalisé dans la Collection mammalogique correspondait, terme moyen, à 63 individus par an, tandis que sous le régime de la Direction unitaire auquel M. le Rapporteur semble vouloir revenir, l'accroissement annuel avait été en moyenne d'environ 3 individus seulement.

Ce résultat est-il au nombre de ceux que M. le Rapporteur considère comme démontrant le vice de notre mode d'Administration collective?

Nous aurions peine à concevoir qu'il en fût ainsi, et cependant nous avouerons que ce progrès, tout grand qu'il était, ne nous a pas satisfaits; car si nous avions pu obtenir la construction des galeries nouvelles que nous désirions vivement, les richesses mammalogiques étalées aux yeux du public auraient été encore plus dignes de la France. En effet, il nous aurait été alors possible de placer dans cette Collection beaucoup d'objets intéressants qui aujourd'hui sont nécessairement relégués dans nos magasins, faute d'espace dans nos salles d'exposition.

L'augmentation de cette réserve zoologique a été non moins rapide que celle de la Collection publique, et l'accumulation des objets dans les magasins, où ils attendent un emploi, nous semble être aussi un fait peu favorable à l'opinion soutenue par M. le Rapporteur.

Quoi qu'il en soit à cet égard, nous ajouterons que le 18 pluviôse de l'an XII, c'est-à-dire le 9 février 1804, il n'existait dans les magasins du laboratoire de taxidermie que 49 Mammifères.

En 1858, le nombre de peaux d'animaux mises en réserve dans ce dépôt s'élevait, suivant M. le Rapporteur, à 1,061.

L'accroissement de richesses, qui ressort de la comparaison de ces nombres, est d'ailleurs beaucoup au-dessous de l'accroissement réel, car chaque année, conformément aux instructions données par M. le Ministre, l'Administration du Muséum distribue beaucoup de ces objets aux musées de nos départements ou à d'autres établissements d'instruction publique. Ainsi, pendant les vingt années qui ont précédé l'époque des travaux de la Commission d'enquête, nous avions donné de la sorte 939 Mammifères, c'est-à-dire douze à treize fois autant que le Jardin du Roi en avait réuni sous la direction de Buffon.

La COLLECTION ORNITHOLOGIQUE a fait des progrès non moins remarquables.

Lorsque le Muséum reçut son organisation actuelle et passa sous le régime de l'Administration collective, la galerie zoologique renfermait 460 Oiseaux dont 102 seulement furent jugés dignes d'y rester.

En 1809, on y comptait 1,662 espèces représentées par 3,045 individus.

En 1823, le nombre des individus s'élevait à environ 6,000.

Enfin, en 1858, le nombre de ces animaux était de 15,483.

De plus, à cette dernière époque, il existait dans les magasins du laboratoire de taxidermie 11,690 peaux d'Oiseaux non montées, tandis qu'en 1809 ce dépôt n'en offrait que 91 individus.

Ce fut aussi pendant cette période que le Muséum acquit peu à peu les 4,000 œufs et les 480 nids dont M. le Rapporteur fait mention à la page 11 de son travail.

Il nous paraît également bon d'ajouter que pendant la période décennale comprise entre 1830 et 1840, le Muséum a donné aux établissements publics des départements 1,930 Oiseaux ; pendant la période décennale suivante, le nombre de ces dons s'est élevé à 3,039, et de 1850 à 1860 ce nombre a été de 1,928. Ainsi, de 1830 à 1860, l'Administration du Muséum a distribué de la sorte, à d'autres cabinets d'Histoire naturelle, plus de 6,000 Oiseaux.

Sous le régime dont M. le Rapporteur considère les effets comme devant être nécessairement mauvais, la COLLECTION ERPÉTOLOGIQUE a prospéré d'une manière encore plus remarquable. En 1795, peu de temps après l'installation de ce régime nouveau, le premier noyau de cette Collection nous fut fourni par les dépouilles opimes conquises en Hollande par Dumouriez, qui donna à la France tous les objets d'Histoire naturelle trouvés dans le cabinet du Stathouder. L'un des Professeurs du Muséum, qui fut en même temps grand chancelier de la Légion d'honneur, Lacépède, contribua beaucoup à l'accroissement de cette Collection de Reptiles ; mais ce fut surtout sous la direction de son successeur, feu M. Constant Duméril, qu'elle se développa rapidement, et par ses soins elle est devenue la plus belle qui existe.

En 1834, elle se composait de 846 espèces.

En 1857, lorsque le Professeur actuel fut appelé à la chaire d'Erpétologie, cette Collection précieuse comprenait 1,393 espèces.

Ces faits sont bien connus des zoologistes, et l'on sait aussi que ces richesses ne sont pas restées stériles entre les mains de celui qui les avait réunies, car c'est à l'aide de l'étude approfondie et comparative des nombreux individus composant cette Collection que M. C. Duméril a pu publier, au déclin de sa vie, un ouvrage capital sur l'histoire des Reptiles. Ce travail, auquel un de nos Aides-Naturalistes, feu M. Bibron, ainsi que le Professeur actuel, prirent part, est entre les mains de tous les zoologistes, et nous sommes heureux d'avoir ici l'occasion de rendre un juste tribut d'hommages à son principal auteur que la mort nous enleva peu de temps après les visites faites au Muséum par la Commission de 1858.

Peut-être aurait-il emporté dans la tombe quelques souvenirs empreints d'amertume, si la conscience d'avoir toujours accompli ses devoirs, dans la mesure de ses forces, ne l'eût rendu indifférent à des reproches injustes.

Mais laissons cela et examinons la COLLECTION ICHTHYOLOGIQUE. Si nous nous adressions à des zoologistes seulement, cela serait superflu, car ils savent tous ce que Cuvier en a dit; tous savent aussi que là sont les matériaux à l'aide desquels ce savant a pu entreprendre, avec le concours du naturaliste qu'il avait choisi pour collaborateur, un ouvrage monumental sur l'histoire des Poissons; ils savent également que la mort empêcha Cuvier de contribuer à la rédaction de plus de cinq volumes de ce grand ouvrage, et que dix-sept volumes sont dus à son collaborateur : le vingt-deuxième et dernier volume porte la date de 1849.

Voilà qui pourrait suffire pour faire apprécier la valeur scientifique de la Collection de Poissons formée par les soins des Professeurs-Administrateurs du Muséum ; mais pour répondre à l'accusation grave portée contre la constitution qui leur a permis de faire tout cela, et qui serait cependant, d'après le dire de M. le Rapporteur, incompatible avec l'*ordre* et le *progrès*, nous ajouterons ici quelques chiffres, comme nous l'avons déjà fait en parlant des Collections des Mammifères et des Oiseaux.

En 1789, le cabinet d'Histoire naturelle du Jardin du Roi contenait 350 Poissons, et en 1803, le nombre des espèces appartenant à cette classe ne s'y élevait pas à 800.

En 1857, le Catalogue de la Collection ichthyologique, dressé par le Professeur actuel, constate la présence de 4,148 espèces représentées par

35,000 individus. Cette Collection avait donc centuplé depuis la mort de Buffon.

Une histoire sincère de nos COLLECTIONS ENTOMOLOGIQUES sera-t-elle moins en désaccord avec les conclusions générales de M. le Rapporteur? Nous ne le pensons pas, car là aussi ni l'*ordre* ni le *progrès* n'ont fait défaut. Jusqu'au moment où cette partie de notre Musée zoologique fut confiée à un Professeur-Administrateur spécial, cette Collection n'avait acquis que peu d'importance; mais depuis 1827, époque dont date la création de la chaire consacrée à l'histoire des Insectes, des Crustacés et des autres animaux articulés, elle s'est développée d'une manière rapide et continue, ainsi qu'on pourra le voir par les chiffres suivants :

En 1833, à la mort de Latreille, elle se composait : 1° de 132 cadres d'Insectes, de 12 cadres d'Arachnides et de 54 cadres de Crustacés; 2° d'un nombre considérable d'Insectes qui occupaient quatre cents tiroirs, mais qui n'étaient ni déterminés ni classés méthodiquement.

M. Audouin, successeur de Latreille, imprima une forte impulsion aux travaux du laboratoire d'Entomologie. Il fit ranger d'abord par groupes naturels toutes nos richesses entomologiques, et ce travail était long et difficile, car il avait à opérer sur 30,000 Insectes, et, pour les distribuer méthodiquement, il ne lui a fallu pas moins de dix-huit cents grandes boîtes du format de nos livres in-4°. A l'aide des matériaux mis ainsi en ordre, M. Audouin entreprit ensuite la formation d'une grande Collection d'étude destinée à prendre place dans la galerie de Zoologie, et à y représenter la série complète de toutes les espèces ou variétés de l'immense classe des Insectes. Là tous ces petits animaux étaient nommés, étiquetés et rangés, conformément aux principes de la méthode naturelle.

En 1841, à la mort de ce Professeur-Administrateur, il existait dans nos galeries 312 tiroirs remplis de Coléoptères, d'Orthoptères et de Lépidoptères, préparés, dénommés et classés avec le plus grand soin.

Le Professeur-Administrateur qui succéda à M. Audouin, et qui occupait la chaire d'Entomologie en 1858, fit continuer sans relâche ce travail scientifique de détermination et de classement, en même temps qu'il s'appliquait à augmenter le nombre des Insectes destinés à entrer dans la Collection. Nous ne donnerons pas ici des chiffres, parce que le dénombrement de légions si considérables serait fort long et que le temps de nos employés doit être mieux utilisé qu'à faire des calculs de ce genre.

Sous la direction du même Professeur-Administrateur, la Collection carcinologique, qui, en 1827, se trouvait logée fort à l'aise dans cinquante-quatre petits cadres offrant une superficie totale de 7 mètres carrés, subit une transformation complète et devint la plus riche qui existe en Europe. Elle a fourni les matériaux d'un ouvrage spécial sur l'Histoire naturelle des Crustacés, en trois volumes, et en 1850 elle recouvrait non pas seulement 7 mètres, mais 80 mètres carrés. Depuis lors elle n'a cessé de s'accroître, et le nombre des objets nouveaux que nous avions à y placer est devenu tellement considérable, que, dans ces derniers temps, il a fallu la remanier entièrement, travail qui se poursuit encore aujourd'hui.

La quatrième grande division de notre Musée zoologique comprend les MOLLUSQUES et les ZOOPHYTES, ainsi que les ANNÉLIDES ou VERS, et si l'espace ne manquait dans nos galeries pour exposer aux yeux du public toutes les richesses qu'elles renferment, personne n'oserait parler de cette immense Collection qu'en termes élogieux.

Lamarck, dont les travaux sur la Conchyliologie sont restés classiques, n'avait trouvé dans l'ancien cabinet d'Histoire naturelle, fondé par Buffon, que 1,800 coquilles. Sous sa direction, cette Collection acquit beaucoup d'importance, et en 1823 elle se composait de 10,600 échantillons.

Sous la direction du Professeur actuel, l'accroissement de cette Collection précieuse est devenu beaucoup plus rapide.

Ainsi, en 1848, on comptait dans les vitrines, tiroirs et boîtes de la galerie, 115,000 coquilles classées et étiquetées. Aujourd'hui ce nombre s'élève à près de 150,000, et dans cette belle série on trouve les espèces fossiles aussi bien que les espèces récentes, rangées suivant les degrés de parenté zoologique qui les unissent, chose qui n'existe dans aucun autre Musée.

Du temps de Lamarck, le peu de Mollusques nus que le Muséum possédait occupait quelques rayons de l'une des armoires de la galerie d'Anatomie comparée.

Par les soins du Professeur actuel, la Collection des Mollusques conservés dans l'alcool est devenue la plus riche qui existe. Elle occupait, en 1858, 5,512 bocaux et remplissait une longue série d'armoires dans une des principales salles de la galerie de Zoologie.

Pour le sous-embranchement des Vers, les progrès faits par le Muséum depuis trente ans auraient peut-être mérité aussi quelque attention de la part de M. le Rapporteur, bien qu'il n'en ait pas dit un seul mot. En effet, on peut voir dans la Description du Muséum, publiée par Deleuze en 1823, qu'à cette époque la classe des Annélides n'était représentée dans nos galeries que par un petit nombre d'individus renfermés dans une trentaine de bocaux,

En 1858, cette Collection se composait de 616 espèces représentées par plus de 1,200 individus.

Pour les Vers intestinaux, le Muséum obtint par échange, en 1816, une Collection importante provenant du Musée de Vienne et occupant 606 bocaux. En 1858, la Collection helminthologique de notre Muséum comptait 1,053 bocaux, et on y remarquait non-seulement un nombre immense de Vers intestinaux, mais aussi beaucoup de préparations anatomiques montrant les organes où ces parasites avaient été trouvés. Les seuls cabinets d'Histoire naturelle qui, à notre connaissance, possèdent une Collection aussi considérable de ces Vers, sont les Musées de Vienne et de Berlin.

Depuis une trentaine d'années, la Collection des Zoophytes a subi un accroissement encore plus considérable.

En 1789, elle se composait de 50 Échinodermes et de 150 Polypiers.

En 1823, on n'y voyait encore que 37 espèces d'Astériens ou Étoiles de mer, 107 espèces d'Echinides, 20 espèces d'Holothuries ou autres animaux de la même famille, et enfin 550 espèces de Polypiers ou Spongiaires, représentées par 1,000 échantillons disposés dans une série de petits cadres du meuble en éperon qui occupe le milieu de la galerie des Oiseaux.

Aujourd'hui les Polypiers et les Spongiaires garnissent une série de trente-trois grandes armoires; mais, faute d'espace, tous n'ont pu être placés sous les yeux du public et beaucoup sont classés dans des boîtes. On en compte plus de 3,000 échantillons. Cette collection est plus riche que celle d'aucun autre Musée, et une circonstance qui contribue aussi à lui donner une grande valeur scientifique, c'est qu'elle a servi de base à la longue série de travaux publiés sur les caractères et la distribution méthodique de ces corps par l'un des Professeurs du Muséum et son collaborateur, feu M. Haime, depuis 1847 jusqu'en 1859. On y trouve par conséquent les types de la plupart des espèces que ces auteurs ont fait connaître. Il est aussi à noter que ces richesses proviennent en grande partie de deux dons considérables faits au Muséum, l'un, en 1847, par Mme la marquise de Hastings, l'autre, en 1852, par l'un des Professeurs-Administrateurs du Muséum, M. Milne Edwards.

La Collection des Échinodermes est également supérieure à celle des autres Musées. En 1823, elle ne renfermait que 30 espèces représentées par 73 individus. Aujourd'hui elle comprend 450 espèces représentées par 1,816 individus. Et si M. le Rapporteur avait désiré connaître l'opinion des naturalistes étrangers sur l'importance de cette partie de notre Cabinet zoophytique, nous l'aurions engagé à lire ce que l'un des juges les plus compétents en pareille matière, M. Agassiz, en disait, il y a peu d'années, dans les Annales des Sciences Naturelles (1846, t. VI, p. 306).

Telle est l'histoire numérique de nos Collections de zoologie. Est-elle significative?

Nous demanderons aussi comment M. le Rapporteur, chargé d'éclairer l'autorité supérieure sur les résultats obtenus par l'Administration collective du Muséum, a pu ignorer tous ces faits, ou comment, ne les ignorant pas, il a cru pouvoir n'en tenir aucun compte et dire : Dans un établissement régi de la sorte *le progrès est impossible.*

§ 2. Voyons maintenant si M. le Rapporteur est mieux fondé à dire que dans un établissement organisé comme l'est le Muséum, *il ne saurait y avoir ni ordre ni régularité* (p. 26).

Pour ce qui concerne le service de la Zoologie, l'auteur du Rapport appuie son assertion sur la prétendue absence de Catalogues et d'inventaires convenablement tenus. Il parle souvent de nos registres; mais il n'en tient pas compte, parce que notre mode d'enregistrement ne le satisfait pas.

Ainsi qu'on le voit à la page 28 du Rapport, et ainsi que cela nous a été expliqué fort clairement par un des Membres de la Commission, celle-ci aurait voulu appliquer à l'enregistrement des richesses scientifiques du Muséum les règles adoptées pour l'établissement des inventaires des magasins de fournitures militaires, ou tout autre dépôt analogue soumis à ce que M. le Rapporteur appelle *la comptabilité en matières.* Or, pour cela, que faudrait-il faire? Il faudrait donner à chaque objet qui entre dans chacun des laboratoires, magasins ou galeries du Muséum un numéro matricule, et inscrire en regard de ce numéro, reporté sur un registre spécial, le mouvement de l'objet auquel ce numéro correspond, c'est-à-dire toute la série des changements effectués dans son placement par suite des besoins du service; afin que tout homme possédant la clef de ce système de numérotage puisse, sans travail d'esprit ni connaissances spéciales, constater à volonté la présence de tel ou tel objet désigné au hasard sur l'inventaire.

Ainsi, s'agit-il d'une mouche contenue dans une caisse d'Insectes venant d'Algérie ou de toute autre localité, il faudrait enregistrer successivement en regard du numéro matricule correspondant au numéro attaché à l'épingle à laquelle cet animal est fixé : 1° son dépôt dans la salle de déballage où on le retirera de la caisse en question; 2° son transport au laboratoire d'Entomologie et sa remise à l'employé chargé de le faire ramollir pour en étendre les ailes et y faire subir les autres préparations voulues; 3° la décharge dudit préparateur et la remise de la mouche à l'Aide-Naturaliste chargé de la conserver provisoirement dans la portion des magasins d'Entomologie destinée à loger les autres Diptères non déterminés; 4° la série des mouvements que la mouche en question aura ensuite à subir pour être comparée zoologiquement avec les Diptères et classée successivement dans la famille, le genre et l'espèce dont elle fait partie; 5° son placement dans la Collection publique; 6° chacune de ses sorties de la salle où cette Collection est placée, mouvements qui sont souvent commandés, non-seulement par les besoins de l'enseignement, mais aussi par les exigences de la conservation, car les mouches, aussi bien que les hommes, ont parfois des ennemis contre les atteintes desquels les Professeurs-Administrateurs du Muséum doivent s'efforcer de les protéger; et, pour y parvenir, ils ont besoin d'employer divers moyens qu'il serait superflu d'énumérer ici, mais qui tous nécessitent le déplacement des objets.

Si M. le Rapporteur avait eu quelque idée des conséquences du mode de comptabilité qu'il demandait, aurait-il persisté dans son désir? Car il est évident qu'un pareil système d'enregistrement nécessiterait des écritures interminables; que pour la tenue de ces écritures il faudrait beaucoup de commis, car les objets divers qu'il s'agirait d'inventorier se comptent par centaines de mille, et, pour salarier ces employés, il faudrait beaucoup d'argent. Or cette augmentation dans le budget du Muséum serait-elle justifiée par le résultat obtenu? Évidemment non; car la science n'y trouverait aucune espèce de profit, et l'Administration n'en obtiendrait aucune garantie efficace contre les malversations. Un pareil système de comptabilité appliqué au Muséum d'Histoire naturelle ne servirait qu'à permettre à un Inspecteur, qui ne serait pas naturaliste, de venir faire des récolements d'inventaire et de s'imaginer qu'il exerce un contrôle sérieux. En effet, le naturaliste qui voudra trouver dans nos Collections ou magasins un objet quelconque ne se servira jamais d'un pareil système de numérotage, car il aura des moyens plus commodes pour arriver au résultat voulu; et si l'Inspecteur qui viendrait instrumenter ne possède pas des connaissances spéciales et approfondies sur la partie des sciences naturelles dont il voudra passer en revue les richesses, la surveillance qu'il exercera sera illusoire.

Pour montrer combien cette *comptabilité en matières* serait inefficace entre les mains de tout Inspecteur étranger à l'une quelconque des branches de la Zoologie, de la Botanique ou de toute autre science naturelle, il nous suffira de quelques exemples.

Supposons d'abord qu'au lieu d'avoir à vérifier l'inventaire d'un dépôt de fusils ou de gibernes, c'est-à-dire d'unités aussi faciles à reconnaître qu'à compter, l'Inspecteur qui ne serait pas botaniste ait à vérifier la *comptabilité en matières* du comptable chargé des herbiers du Muséum, c'est-à-dire du Professeur de Botanique, et admettons, par hypothèse, que ce savant soit un voleur qui, en vue de former frauduleusement une collection de plantes sèches aux dépens des échantillons appartenant à l'État et confiés à sa garde, ait détaché d'un certain nombre de ces échantillons les plus précieux un fragment propre à représenter l'espèce : les numéros matricules et toutes les écritures interminables de la *comptabilité en matières* fourniraient-ils à l'Inspecteur en question le moyen de constater la soustraction? Non : il n'y parviendrait pas, lors même qu'il aurait fait peser chaque paquet de l'herbier lors de l'établissement de son inventaire, et qu'il viendrait balance en main faire son récolement. Toutes les précautions qu'il prendrait seraient illusoires.

Mais, nous dira-t-on peut-être, tous les objets d'Histoire naturelle ne sont pas susceptibles d'être divisés de la sorte, et si les difficultés que nous venons de signaler en parlant d'un herbier se présentent aussi pour les plantes de nos serres, les roches de notre galerie de Géologie et les cristaux de notre Collection de Minéralogie, elles ne se rencontreraient pas lorsqu'il s'agirait de la *comptabilité en matières* appliquée à nos Collections zoologiques, dont les échantillons ne sont pas susceptibles d'une fragmentation pareille. Cela est vrai; mais si l'Inspecteur n'est pas zoologiste, il trouvera là des difficultés également insurmontables. Ainsi, supposons qu'il s'agisse du récolement de l'inventaire d'une Collection entomologique, et que le Muséum ait reçu depuis peu un lot de dix mille Insectes de l'Amérique du Sud, qui auront été tous numérotés et immatriculés régulièrement. Supposons aussi, pour les besoins de la cause soutenue par M. le Rapporteur, que le Professeur d'Entomologie soit un voleur, comme l'autre savant dont nous parlions il y a quelques instants; supposons également qu'en faisant son inventaire ce Professeur aura trouvé, parmi cinq ou six cents Coléoptères de la famille des Scarabéides, une dizaine d'individus qui lui paraissent nouveaux pour la science et pouvant être vendus 50 francs pièce ou même davantage, et que, faisant main basse sur ce petit trésor, il ait substitué aux dix Insectes en question dix autres Scarabéides d'Amérique valant en moyenne 15 centimes : comment l'Inspecteur, armé de toutes les ressources de la *comptabilité en matières*, pourra-t-il constater que ce Conservateur infidèle a spolié ainsi l'État? Or, ce que nous venons de dire au sujet des Insectes serait également vrai pour les Collections de Coquilles ou d'Oiseaux, et, pour rendre efficace le contrôle à exercer dans les conditions que M. le Rapporteur semble redouter, nous ne concevrions d'autre procédé que celui dont jadis on faisait usage dans les bagnes, où chaque ouvrier condamné aux travaux forcés ne marchait jamais sans avoir à ses côtés un gendarme chargé de le surveiller.

Nous croyons inutile de nous arrêter davantage à de pareilles hypothèses, et nous nous bornerons à répéter que l'introduction de ce que, dans le langage administratif, on appelle la *comptabilité en matières* entraînerait de grandes dépenses et serait, suivant nous, un emploi déplorable des deniers de l'État. Peut-être même M. le Rapporteur n'aurait-il pas préconisé ce système d'enregistrement de préférence à celui adopté par les naturalistes du Muséum pour la tenue de leurs inventaires et Catalogues scientifiques, s'il avait été plus versé dans la connaissance des classifications dont tous les naturalistes font usage, instruments admirables, dont l'introduction est due à l'illustre Linné, et dont le fréquent emploi, ainsi que l'a fait remarquer Cuvier, est un excellent exercice pour l'esprit humain, car il nous familiarise avec cette portion de la Logique que l'on appelle la Méthode.

En effet, la classification méthodique d'une Collection de Zoologie rend superflues la plus grande partie des écritures voulues pour la *comptabilité en matières*, et cette classification répond aussi aux besoins de la science, besoins auxquels un système de numérotage quelconque ne satisferait pas. Lorsqu'une Collection de ce genre est convenablement déterminée, étiquetée et rangée, le zoologiste n'a besoin d'aucun moyen de repère pour y découvrir l'individu qu'il sait devoir y exister; la place où cet objet se trouve est indiquée par la nature même dudit objet, par l'espèce de parenté plus ou moins proche qu'il a avec les animaux qui l'entourent; enfin, ce qui nous permet de l'identifier au premier coup d'œil, et sans examen ultérieur, dès que nous le rencontrons, c'est le nom de genre et d'espèce inscrit sur l'étiquette y attenante. Cela ne nous dispense pas d'un enregistrement régulier de chaque individu qui arrive au Muséum, mais nous permet d'employer un système d'inscription qui répond à tous nos besoins, sans nécessiter beaucoup d'écritures, et qui par conséquent est peu coûteux. En effet, cet enregistrement doit avoir surtout pour effet de permettre au naturaliste de retrouver à l'occasion tous les renseignements qu'il a obtenus sur la patrie, les habitudes et la provenance de l'individu qu'il reçoit. Pour cela un numéro matricule est placé sur l'objet, et, en regard du numéro correspondant inscrit sur un registre d'entrée, on consigne tous ces faits particuliers. Lorsque les animaux enregistrés de la sorte ont été déjà nommés, on transcrit ce nom en regard du numéro matricule, et dans la plupart des cas on consigne sur le même inventaire, non-seulement le nombre total d'individus dont se compose chaque lot, mais le nombre d'individus appartenant à chaque espèce zoologique qui se trouve représentée dans ce même lot. Quelquefois, il est vrai, le temps nécessaire pour compter ces objets serait trop considérable pour qu'il soit judicieux d'employer de la sorte les Aides-Naturalistes qui sont chargés de la tenue de nos registres, et alors on inscrit le lot en bloc; mais cela n'a lieu que pour des choses d'un très-petit volume ou d'une valeur vénale fort minime. Il est aussi à noter que lorsque les objets ont été obtenus à titre gratuit, le nom du donateur est également consigné dans ces registres, et que, dans les cas d'achat, le prix d'acquisition est indiqué de la même manière.

Les animaux donnés à d'autres établissements scientifiques ou employés comme objets d'échange sont inscrits nominalement sur des registres spéciaux, et il nous est toujours facile de nous rendre un compte exact de tout ce qui est sorti du Muséum dans le cours de chaque année et de la destination de chaque chose.

Lorsque des objets sont prêtés au dehors, ils sont également inscrits sur des registres spéciaux, et, toutes les fois que l'objet a quelque valeur, l'emprunteur en donne un reçu.

Ces divers registres ont été placés sous les yeux de la Commission ; mais M. le Rapporteur paraît en faire peu de cas, parce qu'ils ne sont pas tenus conformément aux habitudes des comptables *en matières*, et qu'ils ne lui ont pas paru propres à l'établissement de ce qu'il appelle le *bilan du Muséum*.

Du reste ces inventaires, établis au fur et à mesure de l'arrivée des objets au Muséum, ne sont pas les seuls que nous ayons entrepris de dresser. Nous possédons des Catalogues scientifiques de chacune des grandes Collections que nous avons reçues en don ou que nous avons acquises, et, dans plusieurs des divisions principales du Muséum, la rédaction d'un Catalogue général et méthodique a été commencée. Ainsi vingt-deux registres relatifs à la partie entomologique de ce Catalogue ont été placés sous les yeux de la Commission.

Nous rappellerons aussi qu'à l'époque dont date le Rapport une publication importante, dont l'auteur de cet écrit ne fait aucune mention, était commencée depuis quelques années et n'avait été suspendue que faute d'argent pour indemniser suffisamment l'éditeur. L'Administration n'avait demandé aucune subvention spéciale pour rémunérer le travail extraordinaire qu'entraînerait la préparation de la portion de ce Catalogue dont la rédaction avait été confiée à des Aides-Naturalistes; à cet égard elle n'avait pas cru nécessaire d'imiter ce qui se fait dans d'autres pays, où le manuscrit de chaque Catalogue est largement payé, car elle savait que le zèle de ses employés ne lui ferait pas défaut. Cinq fascicules de ce long et difficile travail sont entre les mains du public, et dès que M. le Ministre aura obtenu de la libéralité des grands pouvoirs de l'État les fonds nécessaires pour en continuer l'impression, nous nous empresserons de reprendre cette œuvre. Mais il ne faut pas croire qu'elle puisse être achevée rapidement, ni que sa publication soit un des besoins les plus urgents du Muséum.

En effet, il serait certainement très-bon d'avoir une liste complète de toutes les espèces et variétés d'animaux, de plantes et de minéraux existant dans nos Collections, ainsi que des échantillons de roches dont se composent nos séries géologiques; car cela nous permettrait de nous rendre plus facilement compte de ce qui nous manque, aussi bien que de ce que nous possédons. Cela serait également utile pour les naturalistes étrangers qui pourraient ainsi connaître l'étendue de nos richesses sans être obligés de visiter nos Collections. Mais ces Catalogues n'offriraient en réalité qu'un intérêt secondaire, et ce qui importe avant tout, c'est la détermination spécifique, la classification méthodique, l'étiquetage et l'exposition des objets. Ce travail occupe sans cesse les Naturalistes du Muséum, mais ne peut marcher avec la rapidité désirable à raison des difficultés qui y sont inhérentes, et de l'insuffisance du personnel de nos laboratoires. Là encore ce sont les fonds qui nous manquent, non moins que l'espace.

Du reste, tous les grands Musées d'Histoire naturelle sont à peu près dans la même situation à cet égard. Nulle part les déterminations spécifiques ne sont effectuées complétement, et nulle part un Catalogue général n'a pu être publié. Le Musée Britannique a, comme nous, commencé une publication de ce genre, et il n'a pas été, comme nous, obligé de l'interrompre faute d'argent pour en payer l'impression; mais la vingtième partie de son œuvre n'est pas encore accomplie, et cependant ses Catalogues ne donnent que les noms employés pour la désignation des espèces réputées nouvelles pour la science, sans y ajouter les diagnoses spécifiques.

Afin d'augmenter, autant que cela dépendait de nous, l'utilité des Catalogues zoologiques dont nous commençâmes la publication en 1850, nous avions cru devoir y exposer les caractères distinctifs de toutes les espèces de notre Collection qui n'étaient pas encore connues des naturalistes. Il en résulte que notre travail contribuait largement aux progrès de la science, et c'est de la sorte, ce nous semble, que doivent être conçus tous les travaux effectués dans le Muséum d'Histoire naturelle. Sans cela notre Muséum national serait-il digne d'appartenir à la France? M. le Rapporteur semble penser que nous oublions que ce grand et bel établissement est une propriété de l'État. Qu'il se détrompe; nous sommes toujours heureux et fiers de penser qu'en consacrant une grande partie de notre vie à des travaux qui contribuent à assurer la prospérité du Muséum, nous servons notre pays en même temps que nous servons la science.

En résumé la *comptabilité en matières*, préconisée par M. le Rapporteur, n'aurait pas le caractère qui convient aux Catalogues de nos Collections; elle ne répondrait à aucune des intentions du Rapporteur lui-même et elle nécessiterait des dépenses non moins considérables que stériles. Aussi, après y avoir mûrement réfléchi, n'hésitons-nous pas à déclarer de nouveau, unanimement, que si l'on y appliquait une portion quelconque des fonds consacrés par la France à l'avancement des sciences naturelles, on ferait un mauvais usage des deniers de l'État.

N° 2.

Observations sur l'accroissement de la Collection d'Anthropologie.

§ 1. Les chiffres donnés dans le texte (*voyez* p. 80, § 55) n'ont rien d'arbitraire.

Après la mort de Morton, sa Collection de têtes osseuses, comprenant 1,045 échantillons, fut vendue 4,000 livres sterling, soit 100,000 fr. C'est, on le voit, à très-peu près 100 fr. par tête. La galerie du Muséum renferme 1,264 têtes osseuses, plus 117 moules provenant pour la plupart de la Collection classique de Retzius, laquelle n'est pas dans le commerce. En regardant ces derniers comme représentant l'appoint nécessaire pour porter à 100 fr. juste le prix des têtes originales, je suis certainement plus que modéré.

On objectera peut-être que la valeur d'une Collection ne dépendant pas seulement du *nombre* des échantillons, mais aussi de leur qualité, la Collection Morton pouvait, à cet égard, être supérieure à celle du Muséum. La comparaison des Catalogues répondrait à cette objection. Les diverses parties des deux Collections ne sont pas toujours égales, et dans cette étude de détail, l'avantage reste tantôt à l'une, tantôt à l'autre. Ainsi Morton était plus riche que nous en têtes américaines; nous le sommes beaucoup plus que lui en têtes européennes, parmi lesquelles il en est du plus grand intérêt scientifique. La Collection américaine l'emporte encore sur la Collection française par le nombre et la variété des têtes provenant de quelques contrées de l'Asie occidentale, mais elle ne possède rien de comparable à nos suites de têtes de l'Archipel indien et de la Mélanésie. Tout compensé, la valeur moyenne est au moins égale.

§ 2. La totalité des objets appartenant à la Collection est aujourd'hui de 3,523. En supposant que la Collection des têtes osseuses représente la moitié de la valeur de la Collection totale (ce qui est certainement exagéré), cette valeur serait, on le voit, de 253,200 fr., et la plus-value annuelle aurait été en moyenne de 8,000 à 9,000 fr.

§ 3. L'allocation attribuée à la chaire d'Anthropologie a été jusqu'ici de 2,400 fr. L'augmentation de 100 fr. qui lui a été accordée cette année porte ce chiffre à 2,500 fr.; mais il est évident que nous n'avons pas à en tenir compte, puisque nous parlons du passé.

Il faut défalquer de cette somme 900 fr. pour gages du garçon de laboratoire.

Les 1,300 fr. restant doivent suffire à toutes les dépenses de la chaire. Or les frais de cours ayant été considérables, depuis quelques années surtout, on comprend qu'il ne reste que bien peu de chose pour les achats proprement dits. Depuis huit ans environ que le Professeur actuel exerce, il ne s'est procuré par ce moyen expéditif que 4 têtes osseuses. Cependant il a accru les Collections de 1,764 objets, entre autres de 404 têtes osseuses représentant au prix indiqué plus haut 40,400 fr.

Dans cet espace de temps, la chaire d'Anthropologie n'a bénéficié d'aucune de ces grandes expéditions scientifiques qui, comme celle de Dumont d'Urville, ont contribué si puissamment à l'accroissement de ses Collections. Le voyage de S. A. le Prince Napoléon lui a seul valu l'acquisition d'objets très-précieux, mais malheureusement en petit nombre. Sous tous les autres rapports, elle a été livrée à ses seules ressources. D'où vient donc l'accroissement signalé plus haut?

Il provient pour une faible part d'objets obtenus soit par voie d'échange, soit moyennant une indemnité insignifiante (pourboire donné à des ouvriers, frais de préparation alloués à des garçons d'amphithéâtre, etc.); mais la principale source de cet accroissement se trouve incontestablement dans les dons faits au Muséum par des étrangers aussi bien que par des Français, parmi lesquels plusieurs chirurgiens de marine mériteraient une mention toute spéciale.

Mais la générosité publique n'est pas absolument spontanée, pas plus quand il s'agit du Muséum que de tout autre établissement. Il faut souvent la faire naître, la stimuler, l'entretenir. Eh bien, — je le demande au bon sens du lecteur, — est-il croyable qu'après s'être donné parfois beaucoup de peine pour faire arriver certains objets dans ses galeries, le Professeur laisse comme à plaisir ces objets se dégrader et se perdre ?

§ 4. L'insuffisance de nos galeries est telle, que l'Administration s'est vue parfois dans la pénible nécessité de refuser des dons d'une très-grande valeur. En voici un exemple relatif à la chaire d'Anthropologie :

M. Boucher de Perthes avait offert au Muséum sa belle collection de silex taillés recueillis dans le diluvium aux environs d'Abbeville et d'Amiens. On sait quel intérêt s'attache à cette Collection aujourd'hui historique, et on comprend avec quel empressement le Muséum lui eût donné place dans les galeries destinées à éclairer l'Histoire naturelle de l'homme. Mais M. Boucher de Perthes mettait à ce don la condition que le fruit de ses longues recherches serait exposé en entier et dès à présent aux regards du public, et, *faute de place*, le Professeur d'Anthropologie, l'Administration du Muséum ne purent accepter ces offres généreuses.

N° 3.

Note sur l'accroissement de la Collection minéralogique.

En 1823, il y avait plus de 5,000 échantillons, mis en vue dans la galerie, et qui ont été inscrits sur le Catalogue inventaire, commencé vers cette époque par feu Alexandre Brongniart, sans compter un nombre considérable de doubles, déposés dans les meubles de la galerie ou dans les magasins.

De 1823 à 1847, sous le même Professeur, le nombre des échantillons catalogués s'est accru de 8,500 : de ce nombre font partie près d'un millier de pièces données par Brongniart et provenant de sa Collection particulière, et plus de 2,000, provenant des Collections de Gillet de Laumont, que le Gouvernement avait achetées pour le Muséum.

De 1847 à 1857, pendant le professorat de Dufrénoy, la Collection s'est augmentée de 5,000 échantillons provenant de dons ou d'achats isolés ; de plus, 8,000 échantillons composant l'ancienne Collection d'Haüy, achetés par le Gouvernement.

De 1857 à la fin de 1862, sous le Professeur actuel, la Collection minéralogique s'est accrue de 2,000 échantillons provenant de dons ou d'achats, et de 2,500 échantillons provenant de la Collection Pascal, acquise par le Gouvernement, et dont plus de la moitié sont des doubles destinés aux Musées de départements.

Récapitulation.

En 1823.	5,000	
En 1847.	8,500	
En 1856.	5,000	
»	8,000	(collect. Haüy).
En 1862.	2,000	
»	2,000	(collect. Pascal).
Total. .	31,000	

N° 4.

Note sur l'accroissement des Collections botaniques du Muséum.

Nous croyons devoir donner ici quelques renseignements sur l'accroissement successif, sur l'étendue et sur le classement des Collections de Botanique qui montreront, d'une part l'impossibilité, à moins d'y consacrer des sommes énormes, de dresser et de maintenir au courant des Catalogues de toutes ces Collections, d'un autre côté, que ni l'étude ni la conservation de ces Collections ne souffrent de l'absence de ces Catalogues.

Avant l'organisation du Muséum sous la forme administrative actuelle, en 1793, les herbiers se composaient de quelques Collections distinctes : l'herbier de Tournefort, celui de Vaillant, les Collections provenant des voyages de Commerson et de Dombey, qui n'avaient encore été ni étudiées ni classées. Ces Collections, déposées dans un cabinet de ce qu'on nommait le *droguier du Jardin du Roi*, ne paraissent pas avoir jamais été mises à la disposition du public ni des savants.

C'est à M. Desfontaines qu'on doit d'avoir le premier, de 1793 à 1797, sous l'impulsion qu'avait donnée cette Administration collective qu'on a si souvent attaquée, formé, par la réunion de ces Collections et de quelques autres reçues plus récemment, l'herbier général qui a reçu plus tard de si grands accroissements.

Il y ajouta quelques bois de diverses origines, des fruits trop volumineux pour entrer dans les herbiers, et les objets de matière médicale qui formaient le droguier.

Ce fut l'origine des Collections botaniques du Muséum, qui datent réellement de cette époque, car auparavant les plantes cultivées dans le jardin formaient seules la véritable Collection destinée à l'étude.

En 1802 (1er vendémiaire an X), d'après un Catalogue sommaire des genres de l'herbier général dressé par M. Desfontaines, il était renfermé dans 165 cartons et ne devait pas alors comprendre plus de 10,000 à 12,000 espèces.

A côté de cet herbier général on avait conservé intact l'herbier de Tournefort, qui a été maintenu ainsi jusqu'à ce jour.

En 1833, avant le transport des Collections botaniques dans les nouvelles galeries, l'herbier général occupait 344 cases et pouvait être évalué de 25,000 à 30,000 espèces. Les herbiers de divers pays, conservés séparément, remplissaient 614 cases et comprenaient alors beaucoup d'espèces qui devaient être introduites dans l'herbier général.

Le classement de ces herbiers et l'intercalation dans l'herbier général d'une partie de leurs échantillons, ainsi que de ceux provenant des Collections reçues depuis cette époque, exécuté sous la direction de notre regretté collègue Adrien de Jussieu et du Professeur actuel de Botanique, ont occupé presque tous les moments des employés du laboratoire de Botanique depuis cette époque. En 1858, lors de la visite de la Commission, par suite de ces intercalations l'herbier général occupait 1,738 cases et comprenait environ 100,000 espèces.

Les herbiers géographiques ou régionaux, rangés méthodiquement et formés par la réunion des Collections recueillies par divers voyageurs dans une même région, étaient contenus dans 2,380 cases.

Enfin 500 cases environ étaient occupées par des herbiers de divers voyageurs, reçus depuis peu d'années et dont le classement, très-avancé, devait bientôt permettre leur intercalation en partie dans l'herbier général et en partie dans les herbiers géographiques.

A ces herbiers venaient de s'ajouter tout récemment (en 1857) les herbiers de la famille de Jussieu, donnés au Muséum par les enfants du dernier représentant de cette famille illustre.

On peut donc s'étonner qu'on semble reprocher au Professeur de Botanique de n'avoir pas fait dresser immédiatement un Catalogue de cette Collection, dont l'herbier général, le seul qui, par son intérêt historique, ait mérité d'être conservé séparément, comprend probablement près de 20,000 espèces et peut-être plus de 100,000 échantillons.

Un Catalogue détaillé de cet herbier sera un travail de longue haleine qui exigera beaucoup de temps, de soins et d'intelligence, qui devra être accompagné d'un remaniement matériel de cette précieuse Collection, et qu'on ne pourra commencer que lorsqu'on sera assuré de le continuer pendant plusieurs années sans interruption.

On n'a pas négligé cependant ce qui pouvait assurer l'ordre et la conservation de cet herbier, et permettre de le consulter avec plus de facilité. Les étiquettes extérieures des genres, qui étaient presque détruites, ont été refaites et numérotées de manière à maintenir, d'une manière assurée, l'ordre méthodique de cet herbier, qui lui donne en partie son importance; on en a dressé un Catalogue méthodique avec l'indication du nombre de feuilles contenues dans chaque genre, indiquant généralement le nombre des espèces, et une Table alphabétique qui en facilitera la recherche.

A la fin de 1862, dans leur état actuel, les herbiers du Muséum comprennent :

1° L'herbier général, qui occupe 2,530 cases, la plupart trop pleines pour qu'on puisse y intercaler de nouveaux échantillons. Tout cet herbier considérable est rangé par familles naturelles et par genres; les divers échantillons se rapportant à une même espèce, attachés sur des feuilles de papier, sont réunis dans une feuille servant d'enveloppe commune, et les trois quarts environ de ces espèces sont déterminées. Le nombre total des espèces, évalué d'après la moyenne de celles contenues dans chaque case, doit s'élever à environ 110,000.

2° Les herbiers géographiques ou régionaux, classés également par familles et par genres, et en partie déterminés spécifiquement, sont au nombre de 24 et sont répartis dans 2,100 cases (1). Beaucoup d'échantillons utiles pour l'herbier général ont été retirés de ces herbiers, mais ce travail n'est pas encore complétement terminé, et, joints aux échantillons provenant des Collections reçues récemment, ils fourniront à l'herbier général un nouvel accroissement qui le portera probablement à 120,000 espèces.

L'accroissement annuel de ce genre de Collection, tel qu'on peut l'établir

(1) Parmi ces herbiers géographiques, l'herbier particulier de la France aurait peut-être mérité d'être signalé par le soin avec lequel il est rangé et déterminé, et par l'utilité dont il est aux botanistes qui viennent souvent le consulter.

Il doit son origine à un don précieux de M. P. de Candolle, en 1823, et s'est accru, depuis lors, de nombreux échantillons envoyés de tous les points de la France. Sa nomenclature a été vérifiée à plusieurs reprises par les hommes les plus compétents, et particulièrement dans ces derniers temps, grâce à la collaboration bénévole de M. le Dr Puel.

par le registre d'entrée, donne en effet, pour le nombre des espèces reçues chaque année, les moyennes suivantes :

De 1833 à 1842.	10,000
De 1853 à 1852.	12,000
De 1853 à 1862.	15,800

Cette dernière moyenne s'est trouvée augmentée d'une manière exceptionnelle par la réception des Collections du Brésil, léguées par Auguste de Saint-Hilaire, renfermant plus de 7,000 espèces ou plantes d'origine distincte, et par le don des herbiers de de Jussieu, comprenant, en diverses Collections, au moins 40,000 espèces de plantes.

D'après ce registre d'entrée, en trente ans les galeries de Botanique ont reçu plus de 370,000 espèces de plantes en herbier, d'origines différentes, parmi lesquelles il y a sans doute beaucoup de répétition des mêmes espèces; mais ces échantillons multiples donnent beaucoup d'intérêt à nos Collections par leurs diverses origines géographiques, l'état différent dans lequel ils ont été recueillis et la variété de leurs formes. Ce sont là de précieux matériaux pour l'étude des limites des espèces et de leur distribution géographique. Ce sont ces Collections accumulées d'année en année qui ont fourni leur contingent d'espèces nouvelles et porté en trente ans, de 1833 à 1862, le nombre des espèces de l'herbier général de 30,000 à 110,000.

Ces chiffres expliquent suffisamment l'absence et l'impossibilité même d'établir des Catalogues ou inventaires de ces Collections d'herbiers, si nombreuses et constamment croissantes, au moyen du personnel si restreint attaché au laboratoire de Botanique. Si, depuis trente ans, on avait voulu s'astreindre à mettre des numéros matricules et à enregistrer toutes les plantes sèches reçues au Muséum, ce travail aurait absorbé tout le temps des employés, et rien ne serait classé méthodiquement et déterminé. Les Collections ne seraient qu'un vaste dépôt d'objets placés dans leur ordre de réception, parfaitement inventoriés au point de vue de la comptabilité, mais complétement inutiles pour l'étude.

Quant aux Catalogues méthodiques, ils pourraient sans doute offrir un certain intérêt en permettant d'apprécier et de faire apprécier au dehors les richesses contenues dans les Collections du Muséum; mais ils supposent la détermination précise de toutes les espèces qui y sont comprises et la description des espèces nouvelles, et par conséquent un long travail scientifique qui doit précéder la confection du Catalogue proprement dit. Le travail pour ainsi dire matériel de ces Catalogues exigerait lui-même un temps considérable qui pourrait être employé plus utilement, car, pour chaque espèce, il faudrait enregistrer les échantillons de provenances diverses, indiquer leur origine géographique et leur collecteur.

Pour apprécier le temps nécessaire à l'exécution de semblables Catalogues, le Professeur de Botanique a fait dresser quelques Catalogues spéciaux ; tels sont :

1° Un Catalogue complet de l'herbier de Tournefort, dont on n'avait qu'un sommaire générique.

Un employé du laboratoire de Botanique a été occupé pendant deux ans à exécuter ce Catalogue, qui comprend 6,489 numéros.

2° Le Catalogue générique de l'herbier de Jussieu, que nous avons indiqué plus haut, a occupé ce même employé pendant une année ; il présente l'énumération méthodique de 3,269 genres.

3° Un essai de Catalogue des herbiers géographiques, destiné à conserver une énumération méthodique de l'ensemble des plantes d'une même contrée, lorsqu'une partie d'entre elles auraient été intercalées dans l'herbier général, a été fait pour l'herbier d'Abyssinie, qui, composé entièrement d'envois récents, se prêtait mieux à ce travail. Ce Catalogue, qui forme un volume in-folio de 296 pages, était déjà presque terminé lorsque la Commission a visité les galeries de Botanique, puisqu'il a été fini en août 1858. Il avait exigé plus de deux ans de travail et a été montré comme exemple de l'impossibilité de dresser des Catalogues semblables pour la totalité des herbiers du Muséum. Aussi le Professeur, qui connaissait toutes ces difficultés et l'importance seulement secondaire de ces Catalogues, ne croit pas avoir jamais dit, ainsi que le Rapporteur l'exprime, qu'un Catalogue de l'herbier général était nécessaire, mais seulement que ce Catalogue serait utile s'il était fait à un point de vue scientifique et non comme un inventaire de comptabilité. Dans le premier cas, en effet, il supposait la détermination de toutes les espèces connues et la description des espèces nouvelles ; et si on donnait au Muséum le moyen d'arriver à ce résultat, on ferait sans doute une chose très-utile pour la science. Mais il ajoutait que, pour atteindre ce but, il faudrait le travail assidu, pendant au moins dix ans, de dix personnes très-versées dans la Botanique, et que, lors même que le Gouvernement voudrait consacrer 200,000 à 300,000 francs pour l'exécution d'un semblable Catalogue, il est douteux qu'on pût trouver immédiatement un nombre suffisant de collaborateurs capables de l'exécuter.

Le Professeur reconnait, comme en 1858, l'utilité dont serait pour de si vastes Collections l'adjonction d'employés auxiliaires ou collaborateurs temporaires pour compléter le rangement, la détermination, et dresser les Catalogues scientifiques des Collections, et si le Gouvernement voulait, dans une certaine mesure, attribuer des fonds au budget pour rétribuer des naturalistes chargés de travaux semblables sous la direction des Professeurs, il rendrait sans aucun doute un grand service au Muséum et à la science.

Quant aux inventaires non scientifiques, sorte de comptabilité impossible à appliquer utilement à des Collections de cette nature, nous ne reviendrons pas sur ce qui a été développé à leur égard à l'occasion des Collections zoologiques, en ajoutant seulement qu'ils sont encore plus inapplicables aux Collections botaniques, dont les échantillons sont presque toujours divisibles, qu'aux Collections zoologiques.

Mais nous devons déclarer ici que malgré l'absence de ces inventaires, grâce à une surveillance convenable et au caractère honorable des personnes qui sont admises à travailler dans ces Collections, on n'a pas eu occasion, depuis plus de trente ans, de s'apercevoir d'aucune soustraction.

A ces herbiers, partie fondamentale des Collections botaniques, puisque seuls ils permettent d'étudier l'ensemble des caractères distinctifs des espèces végétales, avaient été réunis depuis longtemps quelques fruits, quelques bois et divers produits, la plupart employés en médecine; ils constituent maintenant quatre grandes séries de Collections, qui sont la Collection des Bois, celle des Fruits, celle des Végétaux fossiles, et celle des Produits végétaux. Les trois premières de ces Collections ont chacune un Catalogue particulier sur lequel ont été portés, lors de la première confection de ces Catalogues, en 1841 et 1842, tous les échantillons alors existants, inscrits sous un numéro d'ordre porté également sur l'échantillon lui-même autant que possible. Le Catalogue, ainsi que l'étiquette de l'échantillon, porte tous les renseignements nécessaires à constater à son égard.

Les nouveaux échantillons reçus chaque année sont inscrits sur chacun de ces Catalogues, sous une série unique de numéros pour chaque genre de Collection. Ces Catalogues ont non-seulement pour but de constater la réception de ces échantillons, mais de permettre de remplacer leurs étiquettes lorsqu'elles ont été détruites par les insectes, ce qui n'est arrivé que trop souvent dans les salles humides du rez-de-chaussée des galeries de Botanique.

La Collection des Bois, dont les premiers échantillons ont été réunis par Desfontaines, au commencement de ce siècle, comprenait en 1841, lorsque le Catalogue en fut dressé, 1,508 échantillons; le Catalogue atteint maintenant le n° 5,170. En 1858, lors de la visite de la Commission, ce chiffre dépassait déjà 4,900, mais beaucoup d'échantillons, provenant particulièrement de l'Exposition universelle de 1855, étaient et sont encore accumulés dans des cabinets de dépôt, faute de place pour les disposer avec ordre, et produisaient cet encombrement dont nous nous plaignons autant que l'auteur du Rapport.

Un Catalogue méthodique, dressé en 1851, comprend toutes les espèces déterminées, distribuées par familles et par genres.

La Collection des Fruits secs et des Fruits et des Fleurs charnus conservés dans l'alcool est enregistrée dans un Catalogue spécial par ordre d'entrée, qui comprenait déjà, en 1858, 3,800 objets, et qui atteint, en 1862, le chiffre 3,879.

La Collection des Plantes fossiles a eu pour origine la Collection particulière formée par le Professeur actuel de Botanique, avant qu'il fût Professeur au Muséum, et donnée par lui en 1833. Elle comprenait alors environ 1,200 échantillons; en 1842, époque à laquelle on en a dressé le Catalogue, ce nombre s'élevait à 2,082. Maintenant le Catalogue atteint le numéro 6,234. Cette Collection, dans laquelle les Plantes fossiles sont considérées essentiellement au point de vue botanique, et qui est classée d'après ce principe, a été donnée, lors de son origine, à la condition qu'elle formerait une partie des Collections botaniques.

Les Catalogues de ces trois genres de Collections ont été mis en 1858 sous les yeux de la Commission, lorsqu'elle a visité les galeries de Botanique; mais ni ces Collections ni leurs Catalogues ne sont mentionnés dans le Rapport.

Par contre, la Collection des Produits végétaux, qui est la seule des Collections spéciales qui n'a pas encore été cataloguée régulièrement, est la seule dont on parle pour signaler cette absence de Catalogue, absence qui s'explique facilement par la masse des travaux nécessités par l'ensemble des Collections et en outre par le défaut d'un local où cette Collection puisse être rangée convenablement; les objets qu'elle comprend, malgré l'intérêt qu'ils présentent, ne sont donc pas exposés au public, mais disposés avec autant d'ordre que possible dans les tiroirs et sur les tablettes d'un meuble au-dessus des herbiers.

Nous venons de passer en revue l'état actuel des Collections botaniques. On a vu que sous l'influence de cette Administration collective des Professeurs, qu'on s'est plu si souvent à attaquer sans en connaître les résultats, les Collections qui existaient déjà lorsque cette Administration a commencé à fonctionner ont plus que décuplé dans l'espace de soixante-dix ans, que des genres de Collections qui n'existaient pas ou qui n'étaient représentées que par quelques échantillons isolés ont été créées et ont acquis une grande importance, enfin que cet accroissement numérique a été accompagné d'un classement aussi complet et aussi méthodique que l'espace accordé à ces Collections en donnait le moyen. On a vu que les Catalogues qu'on dit manquer partout ont été rédigés pour les Collections qui en étaient susceptibles, et pour lesquelles ils étaient réellement utiles, autant au moins que le permettait le personnel du laboratoire de Botanique, bien peu nombreux, relativement au nombre des objets qui en dépendent. On jugera par là si cette Administration a donné pour la partie qui nous occupe des résultats si déplorables.

Avant l'Administration collective des Professeurs, chacun d'eux, se concentrant presque uniquement dans son enseignement, formait pour ses études personnelles une Collection particulière à laquelle il donnait tous ses soins; tels furent les herbiers de Tournefort, de Vaillant, des de Jussieu, etc.

Depuis l'organisation actuelle, les Professeurs ont cessé peu à peu de posséder des Collections propres, et tous leurs soins et leur zèle se sont portés sur la Collection publique, à laquelle, par suite même de l'autorité dont ils jouissaient, ils ont porté le même intérêt qu'ils auraient accordé à leur propre Collection. C'est cet intérêt, pour ainsi dire personnel, qui leur a fait multiplier leur correspondance et solliciter les dons qui ont contribué à enrichir si rapidement les galeries du Muséum.

Enfin, si les Collections botaniques dont nous nous occupons ici spécialement étaient dans cet état si peu favorable à l'étude qu'on leur reproche, croit-on que les premières notabilités scientifiques étrangères, après avoir eu occasion de consulter nos Collections, s'empresseraient de les enrichir de leurs dons? Croit-on, pour n'en citer qu'un exemple récent, que sir William Hooker et le Dr J. Hooker, qui ont sous leur direction le Jardin et les Collections de Kew, eussent mis le Muséum de Paris au premier rang dans la distribution de leurs doubles, et lui eussent adressé dans l'espace de quelques années plus de 15,000 espèces de plantes des possessions anglaises de l'Inde, de l'Amérique et de l'Australie?

N° 5.

Aperçu sommaire des services rendus par le Jardin.

Personne n'ignore que le Muséum a été, pour ainsi dire, le berceau des Sciences naturelles, et que si des établissements étrangers ont concouru à leur développement, c'est cependant du Muséum que sont sortis les grands législateurs de la science : les Lamark, les Geoffroy, les Cuvier, les Mirbel, les Jussieu, les Thouin, les Haüy, etc., qui ont trouvé dans ses Collections les matériaux indispensables à leurs travaux. Et depuis ces hommes immortels, combien d'autres écrits, considérables encore par le progrès qu'ils ont fait faire aux diverses branches de la science, n'ont pas été inspirés ou facilités par ces incomparables Collections! Y a-t-il en Europe et au monde un autre foyer d'études qui ait produit plus de lumières et qui les ait propagées plus loin et avec plus de succès? Mais je laisse à mes Collègues le soin de mettre en relief cette brillante page de son histoire, me bornant à rappeler ici en quelques mots les services rendus par le Jardin, qui rentre seul dans mes attributions.

L'École de Botanique du Muséum, par son étendue, le nombre des plantes qu'elle contient et le soin qu'on met à leur étiquetage, est la régulatrice de toutes celles qui existent en France; je puis même ajouter qu'elle en est la pourvoyeuse, car c'est d'elle que toutes nos Écoles secondaires tirent la majeure partie de leurs plantes. Le rôle qu'elle remplit vis-à-vis de la province est aussi celui de l'École des arbres fruitiers du Muséum, du fleuriste, du potager et des pépinières, puisque là encore la province et les colonies viennent puiser à pleines mains. Les détails donnés plus haut sur la distribution des graines et des plantes vivantes font assez voir que les simples particuliers prélèvent aussi un large tribut sur l'établissement.

Ce n'est donc pas seulement par le côté scientifique et brillant que le Muséum indemnise l'État de ses avances, c'est tout autant par des services plus modestes, mais dont l'utilité pratique n'est pas moins incontestable. Sans rappeler ici que le Caféier, qui a fait la fortune de nos colonies des Antilles, est sorti du Muséum, combien d'autres plantes économiques, arbres fruitiers, plantes potagères, tinctoriales, ou de simple agrément, n'a-t-il pas fait entrer dans les cultures productives de la France, de l'Algérie et de nos établissements d'outre-mer! C'est du Muséum que nos provinces du Midi ont reçu le Mûrier des Philippines; celles de toute la France, le Sophora du Japon, le Févier de la Chine, le Planera, le Noyer noir, le Paulownia, le Robinia, l'Ailante, sur lequel on espère fonder une industrie séricicole nouvelle, et enfin une quantité d'arbres résineux dont l'économie forestière s'empare tous les jours. Même dans la modeste industrie des fleurs, le Muséum a rendu des services qui ne sont pas à mépriser, si l'on envisage la multiplicité et l'étendue des intérêts qui y sont engagés aujourd'hui. C'est lui qui a procuré à l'horticulture d'agrément, depuis le commencement de ce siècle, le Dahlia, les Chrysanthèmes de la Chine et de l'Inde, le Cobæa, la Sauge et le Lin à fleurs rouges, et, vers le milieu du siècle dernier, la Reine-Marguerite, plantes dont la culture fait vivre aujourd'hui des milliers d'hommes. Rien ne prouve mieux l'importance de ces diverses acquisitions que la large place qu'elles occupent dans les Expositions floriculturales de l'Europe entière.

Je n'hésite pas à le dire : le Muséum tel qu'il est, tel qu'il est administré, rend les plus éminents services à la Science, à l'Agriculture, à l'Industrie et aux Arts, aux établissements publics et aux simples particuliers. Quelles que soient les allégations d'adversaires peu bienveillants, on reconnaîtra tôt ou tard que l'État en retire, sous diverses formes, des avantages qui compensent, et bien au delà, les sacrifices qu'il s'impose pour le soutenir.

Les tableaux suivants donneront une idée des accroissements successifs des cultures de l'établissement, et aussi des oscillations qu'elles ont éprouvées par suite des circonstances politiques.

Étaient cultivées en 1800	Plantes de plein air. .	5,694	7,470
	Plantes de serre. . . .	1,776	
. . . . en 1815	Plantes de plein air. .	5,066	7,230
	Plantes de serre. . . .	2,164	
. . . . en 1830	Plantes de plein air. .	5,639	8,778
	Plantes de serre. . . .	3,139	
. . . . en 1862	Plantes de plein air. .	10,105	15,455
	Plantes de serre. . . .	5,350	

On voit par ce tableau que de 1800 à 1815 le nombre des plantes cultivées au Muséum, au lieu de s'accroître, a diminué de 240 espèces, et que jusqu'en 1830 il n'a gagné que 1,308 espèces. Ce ralentissement s'explique par la rupture de nos relations avec l'Angleterre et les pays d'outre-mer. L'accroissement au contraire a été extrêmement rapide dans les trente-trois dernières années. Le nombre des *genres* actuellement cultivés dans nos serres est égal à celui des *espèces* qui existaient en 1800.

La Collection d'arbres fruitiers a reçu les accroissements suivants :

En 1800 elle contenait	178 variétés de Poiriers,	54 de Pêchers.
En 1830 . , ... , .	262 »	49 »
En 1863	1,113 »	232 »

Cette Collection, unique en Europe, sert de base à une publication in-4°, intitulée : *Le Jardin fruitier du Muséum*, et qui est arrivée à son VIe volume. Le but que l'auteur s'est proposé, en entreprenant cet immense travail, a été de faire sortir la synonymie des arbres fruitiers du chaos dans lequel elle est tombée, au grand préjudice de cette importante branche de culture, et il espère y parvenir à l'aide de descriptions faites d'après les types vivants de toutes les variétés, et de figures coloriées dont l'exactitude ne laissera rien à désirer. La rigueur des déterminations synonymiques adoptées dans l'établissement est déjà si bien reconnue, que la plupart des Sociétés d'horticulture de France et d'Allemagne s'adressent à lui pour en obtenir des greffes des espèces et des variétés qui y sont cultivées, et qu'elles regardent dès à présent comme les étalons de l'arboriculture fruitière.

Ces documents ne seraient pas complets si je ne joignais aux tableaux qui précèdent le chiffre des sommes allouées annuellement pour l'entretien du Jardin, et, comme terme de comparaison, celles qui sont accordées par les Chambres anglaises pour l'entretien du Jardin de Kew, près de Londres. Le Jardin du Muséum, c'est-à-dire l'ensemble des cultures, reçoit en totalité 51,500 francs; celui de Kew, 339,225. Ce dernier dispose en outre, chaque année, d'une somme de 3,750 francs pour achat de plantes ou de graines; le Jardin du Muséum n'en reçoit, à cette destination, que de 700 à 800.

TROISIÈME SECTION.

DOCUMENTS RELATIFS A L'ADMINISTRATION GÉNÉRALE DU MUSÉUM.

DOCUMENT A.

ANNÉE 1835.

Les citations suivantes de procès-verbaux, *produites comme exemples*, démontrent, quoi qu'en ait dit le Rapporteur, que les projets de budget du Muséum sont discutés par l'Assemblée.

Extrait du procès-verbal de la séance du 31 *mars* 1835.

(Tome XXXVII, page 96.)

L'Assemblée passe ensuite à la discussion du budget de l'exercice 1835. Cet examen sera continué dans la séance suivante.

Extrait du procès-verbal de la séance du 14 *avril* 1835.

(Tome XXXVII, page 105.)

On passe à la discussion du budget pour le matériel de l'année 1835. Il est définitivement adopté conformément aux états ci-joints.

DOCUMENT B.

Ce budget prouve que l'Assemblée ne se borne pas à des indications vagues lorsqu'elle s'occupe du budget du Muséum.

Budget de 1835 suivant les décisions de l'Assemblée des 14 et 21 avril.

Crédit ordinaire	379,000 fr.	
Voyageurs naturalistes	25,000	
Crédit total	404,000 fr.	
Le crédit pour le Personnel est fixé à	198,118 fr.	379,000 fr.
Le crédit pour le Matériel, à	180,882 fr.	
PERSONNEL.		
Traitements. (*Voir* État de ces Traitements.)	195,118 fr.	
Gratifications	3,000	198,118 fr.
MATÉRIEL.		
Galeries et laboratoires	56,300 fr.	
Jardin et serres	34,565	
Ménagerie	43,600	
Ateliers et entretien	26,600	
Chauffage	12,000	
Réserve	7,817	180,882 fr.

Galeries et Laboratoire.

Bureau et salle d'Assemblée	1,800 fr.
Correspondance générale	600
Habillement	1,000
Bibliothèque	7,500
Vélins et dessins	3,000
Frais des cours	700
Entretien des galeries	700
Arrangement des galeries	1,200
Esprit-de-vin et bocaux	5,500
Chimie générale	2,700
Chimie appliquée	1,900
Collection de produits chimiques	3,000
A reporter	29,600 fr.

Report		29,600 fr.	
Anatomie comparée...	Laboratoire	800	
	Acquisitions	1,300	
Anatomie humaine		700	
Moulage et modelage		1,400	
Zoologie	Laboratoires	3,000	
	Acquisitions	7,700	
Botanique	Laboratoire	600	
	Acquisitions	1,000	
Géologie	Laboratoire	1,700	
	Acquisitions	2,000	
Minéralogie		2,500	
Préparatifs de voyages et ports		4,000	56,300 fr.

Jardin et Serres.

Salaire des ouvriers et élèves	22,878 fr.	
Entretien des serres écoles	1,200	
Terres et tannée	1,600	
Poteries	1,000	
Abris en osier et en toile	800	
Liens, tuteurs	400	
Charronnage	300	
Maréchalerie, ustensiles	800	
Étiquettes peintes et imprimées	150	
Correspondance et ports	1,000	
Laboratoire des graines	750	
Supplément éventuel	3,687	34,565

Ménagerie.

Vivres...	Fourrages et grains	19,000 fr.	
	Pain	1,600	
	Viande	9,000	
	Légumes	2,200	
	Lait et épiceries	600	
Bourrelerie, maréchalerie, charronnage		600	
Salaire des gardiens		5,500	
Sable et graine de gazon		200	
Ustensiles et entretien		900	
Achat et port d'animaux		4,000	43,600

Atelier et Entretien.

Terrasse et sable	600 fr.	
Maçonnerie	2,000	
Menuiserie	5,000	
A reporter	7,600 fr.	134,465 fr.

Report	7,600 fr.	134,465
Serrurerie	3,500	
Vitrerie, peinture	4,000	
Treillagerie	1,800	
Plomberie, grillagerie, ferblanterie	500	
Poêlerie, fumisterie	1,200	
Éclairage	1,900	
Illuminations	300	
Balayage	900	
Vidange	300	
Horlogerie	300	
Dépenses accessoires	2,000	
Indemnités de logement	2,300	26,600 fr.
Chauffage		12,000
Réserve		7,817
		180,882 fr.

VOYAGEURS NATURALISTES.

Traitement de M. Gay	4,000 fr.	
Traitement de M. Dussumier	8,000	
Traitement de M. Goudot	1,500	
Indemnité à M. Dorbigny	2,000	
Traitement de M. Heudelot	3,000	
Indemnité supplémentaire à M. Heudelot	600	
Indemnité à M. Bernier	2,000	
Indemnité à M. Leprieur	2,000	
Indemnité à M. Gaimard	1,900	25,000 fr.

DOCUMENTS C, D, E.

ANNÉES 1838-1839.

Les deux lettres suivantes de M. de Salvandy et l'état de distribution pour 1839 prouvent que l'Administration a toujours soumis au Ministre des projets de répartition parfaitement précis et définis.

C.

Paris, le 17 janvier 1838.

A Messieurs les Professeurs et Administrateurs du Muséum d'Histoire naturelle.

MESSIEURS LES PROFESSEURS,

J'ai cru devoir fixer, par un arrêté spécial, la distribution des crédits affectés par le budget à chacun des divers établissements scientifiques et littéraires qui dépendent de mon ministère. J'ai l'honneur de vous adresser une ampliation de cet arrêté en ce qui concerne le crédit du Muséum d'Histoire naturelle en 1838. Je vous prie de veiller à ce que chacune des sommes portées soit à l'article du personnel, soit à l'article du matériel, ne puisse être dépassée par les divers ordonnancements que j'aurai à autoriser sur vos demandes. Je désire que chaque établissement se renferme dans la limite des crédits qui lui sont alloués. C'est le seul moyen de prévenir l'inconvénient des déficits que j'ai eu l'occasion de remarquer dans le compte qui m'est rendu des dépenses publiques relatives à mon département, et de rétablir un ordre invariable, régulier dans leur comptabilité respective.

Agréez, Messieurs, l'assurance de ma considération très-distinguée.

Le Ministre de l'Instruction publique,

SALVANDY.

D.

Paris, le 4 décembre 1838.

A Messieurs les Professeurs et Administrateurs du Muséum d'Histoire naturelle.

MESSIEURS,

Au moment de fixer, par un arrêté spécial, les dépenses de chacun des établissements dépendant de mon ministère, pendant l'année 1839, j'ai besoin de connaître d'une manière exacte la répartition précise et détaillée du crédit qui a été alloué au Muséum d'Histoire naturelle pendant cet exercice, telle que l'Administration du Muséum l'aura arrêtée dans l'intérêt des besoins qui lui sont confiés.

La communication officielle du budget du Muséum d'Histoire naturelle, qui vous a été faite le 4 août dernier, vous fournira les moyens de dresser complétement le travail que je vous demande.

Recevez, Messieurs, l'assurance de ma considération très-distinguée.

Le Ministre de l'Instruction publique,

SALVANDY.

E.

État de distribution du crédit alloué au Muséum d'Histoire naturelle pendant l'année 1839.

Le crédit du Muséum pour l'année 1839 est de............................ 472,350 fr.

PERSONNEL.

Traitements des quinze Professeurs-Administrateurs..............	75,000 fr.	
Bibliothécaire, Agent spécial, Maîtres de Dessin, Aides-Naturalistes, Préparateurs, Gardes des galeries, premiers Jardiniers et Employés de tout genre des diverses parties de l'Établissement (voir état des traitements fourni chaque mois)............................	138,150	
Gratifications aux Employés ayant moins de 1,800 fr............	3,000	216,150 fr.

VOYAGEURS NATURALISTES.

Indemnités de voyage de...	MM. Botta, en Égypte..............	2,000 fr.	
	Verreaux, en Afrique..........	8,000	
	Beauperthuy, à Venezuela......	6,000	
	Petit, en Abyssinie...........	2,000	
	Quartin-Dillon, en Abyssinie...	2,000	
	Leprieur, à la Guyane.........	3,000	
	Richard, à l'île Bourbon......	1,000	
	Dupré, au Brésil..............	1,000	25,000 fr.

Nota. On doit remarquer que l'application des allocations ci-dessus est nécessairement incertaine, et dépend de l'exécution et de la durée des voyages auxquels elles se rapportent, ou de la valeur des collections qui en résultent.

MATÉRIEL.

PREMIÈRE SECTION. — *Galeries et Laboratoires.*

Frais de correspondance générale............................	600 fr.
Frais du bureau et de la salle d'Assemblée, y compris transcriptions extraordinaires....................................	1,800
Habillement des portiers, gardiens et gens de service............	3,000
Bibliothèque : achat et reliure de livres, entretien, Catalogues, etc.	10,000
Vélins et dessins pour la Collection générale....................	5,000
Frais relatifs aux Cours......................................	1,000
A reporter..............	21,400 fr.

Report	21,400 fr.	
Entretien des galeries	1,300	
Arrangement des Collections	1,200	
Arrangement des nouvelles galeries de Minéralogie, de Géologie, de Botanique et de la Bibliothèque; transport, nettoyage et classement des objets; continuation	6,000	
Journées de frotteurs supplémentaires pour les nouvelles galeries	5,000	
Esprit-de-vin et bocaux	8,000	
Chimie générale : frais de cours, de laboratoires, d'expériences	2,900	
Chimie appliquée : frais de cours, de laboratoires, d'expériences	2,900	
Physique appliquée : frais de cours, de laboratoires, d'expériences	3,000	
Collection de produits chimiques	3,000	
Anatomie comparée : laboratoires, acquisition d'objets de Collection.	3,000	
Anatomie humaine : laboratoires, acquisition d'objets de Collection	1,400	
Physiologie comparée	500	
Moulage et modelage	1,400	
Zoologie : frais des laboratoires et acquisition d'objets de Collection pour les quatre grandes divisions de la Zoologie	17,700	
Botanique : laboratoire et acquisition d'objets de Collection	4,100	
Géologie : laboratoire et acquisition d'objets de Collection	5,700	
Minéralogie : laboratoire et acquisition d'objets de Collection	3,000	
Ports et préparatifs de voyage	5,700	97,200 fr.

DEUXIÈME SECTION. — *Jardin et Serres.*

Journées d'ouvriers et élèves	30,800 fr.	
Entretien des serres et écoles, achat de plantes	2,200	
Terres et tannée	3,400	
Poteries	1,800	
Abris en osier et en toile	1,600	
Liens, tuteurs	600	
Maréchalerie, charronnage, ustensiles	1,300	
Étiquettes peintes et imprimées	150	
Correspondance et ports	1,000	
Laboratoire des graines	750	43,600 fr.

TROISIÈME SECTION. — *Ménagerie.*

Vivres...	Fourrages et grains	19,000 fr.	
	Pain	1,400	
	Viande	9,000	
	Légumes	2,000	
	Lait et épiceries	600	
Bourrelerie, maréchalerie		600	
Salaire des gardiens à la journée		3,800	
Sable et graine de gazon		200	
Ustensiles et entretien		900	
Achat et transport d'animaux		7,500	45,000 fr.

QUATRIÈME SECTION. — *Ateliers et Entretien.*

Terrasse et sable	400 fr.	
Maçonnerie	1,400	
Menuiserie	5,500	
Serrurerie	4,000	
Vitrerie, peinture	4,000	
Treillagerie	3,000	
Plomberie, grillagerie, ferblanterie	500	
Poëlerie, fumisterie	1,600	
Éclairage	2,200	
Illuminations	300	
Balayage	1,300	
Vidange	300	
Horlogerie	300	
Indemnités de logement	2,000	26,800 fr.

CINQUIÈME SECTION. — *Chauffage.*

Bois, charbon de terre	18,600 fr.	18,600 fr.

RÉSUMÉ GÉNÉRAL.

Personnel			216,150 fr.
Voyageurs naturalistes			25,000
Matériel	Galeries et laboratoires	97,200 fr.	
	Jardin et serres	43,600	
	Ménagerie	45,000	
	Ateliers et entretien	26,800	
	Chauffage	18,600	231,200 fr.
		Total général	472,350 fr.

Paris, le 21 janvier 1839.

Les Professeurs-Administrateurs du Muséum,

L. CORDIER, Directeur. E. CHEVREUL, Trésorier. A. VALENCIENNES, Secrétaire.

Adressé à M. le Ministre de l'Instruction publique, avec lettre à la même date du 21 janvier 1839.

DOCUMENTS F, G.

ANNÉES 1846-1847.

Cette lettre répond au reproche que l'Administration prend sur le matériel des traitements pour le personnel.

F.

A Messieurs les Professeurs-Administrateurs du Muséum.

Paris, le 27 novembre 1846.

MESSIEURS,

Je me propose de reporter du personnel au matériel, dans le budget de 1848, la somme qui servira au payement des gages des gens de service, qui se trouveront ainsi séparés des employés avec lesquels on les a compris jusqu'à ce jour dans les budgets précédents. J'ai besoin, en conséquence, de connaître la distribution que vous vous proposez de faire, entre les employés et les gens de service, du crédit de 93,250 francs qui a été alloué, en 1847, pour cet objet. Vous aurez soin de comprendre en deux catégories, suivant la classe dans laquelle elles pourront être rangées, les soixante-dix-huit personnes qui doivent être payées sur cette somme. Je vous prie de vous occuper immédiatement de ce travail, et de m'adresser, sans retard, les deux chiffres décomposés de la somme de 93,250 francs, indiquant séparément le total des traitements des employés et des gens de service.

Recevez, Messieurs, l'assurance de ma considération la plus distinguée.

Pour le Ministre de l'Instruction publique,

Le Maître des requêtes, chef de la division,

D. NISARD.

Cet arrêté témoigne que ce sont des répartitions détaillées que l'Administration a soumises au ministre.

G.

Répartition du budget du Muséum d'Histoire naturelle pour l'année 1847.

Nous Ministre Secrétaire d'État au département de l'Instruction publique :

Vu le chapitre XV de la loi de finances qui alloue au budget du Ministère de l'Instruction publique, en 1847, un fonds de quatre cent quatre-vingt-dix-sept mille cent cinquante francs destiné à couvrir les dépenses du personnel et du matériel du Muséum d'Histoire naturelle pendant ladite année;

Vu le projet de budget qui nous a été transmis par MM. les Professeurs-Administrateurs du Muséum, et qui renferme la répartition de ce crédit, suivant les besoins de cet établissement;

Arrêtons :

ARTICLE 1er.

La somme dont le Muséum d'Histoire naturelle pourra disposer en 1847, sur les fonds du Ministère de l'Instruction publique, est et demeure fixée à quatre cent quatre-vingt-dix-sept mille cent cinquante francs, laquelle sera divisée ainsi qu'il suit, savoir :

Dépenses du personnel. . .	232,950 fr.
Voyageurs naturalistes. . .	25,000
Dépenses du matériel. . . .	239,200
Total.	497,150 fr.

Cette somme sera répartie entre les divers services du Muséum d'Histoire naturelle, conformément au détail ci-après :

PERSONNEL.

15 Professeurs-Administrateurs à 5,000 fr.		75,000 fr.
2 Maîtres de dessin à 2,000 fr.		4,000
1 Bibliothécaire		3,000
1 Chef de bureau agent spécial		3,500
3 Gardes de galeries de 1,800 à 3,000 fr.		7,800
10 Aides-Naturalistes de 1,800 à 3,000 fr.	23,400 fr.	31,700
5 Aides-Préparateurs des cours de 1,500 à 1,800 fr.	8,300	
A reporter		125,000 fr.

Report	125,000 fr.	
21 Préparateurs dans les laboratoires de 900 à 1,700 fr.	26,800	
2 Jardiniers en chef à 2,000 fr.	4,000	
12 Jardiniers chefs de service de 900 à 1,500 fr.	13,450	
1 Commis aux vivres	1,100	
1 Correspondant pour la Ménagerie	300	
1 Contrôleur des ateliers	2,300	
6 Chefs d'ateliers de 1,000 à 2,000 fr.	9,800	
1 Employé à la Bibliothèque	1,400	
3 Employés au bureau de 900 à 2,000 fr.	4,100	
4 Inspecteurs surveillants à 750 fr.	3,000	191,250 fr.
2 Garçons de Bibliothèque de 900 à 1,400 fr.	2,300	
11 Gardiens frotteurs de 850 à 1,100 fr.	9,900	
1 Garçon de bureau	1,350	
10 Garçons de laboratoires de 800 à 1,300 fr.	9,100	
10 Gardiens de Ménagerie de 950 à 1,060 fr.	10,100	
3 Portiers de 930 à 1,200 fr.	3,230	
2 Ouvriers des ateliers de 750 à 1,000 fr.	1,650	
3 Ouvriers pour l'entretien de la propriété de 300 à 400 fr.	1,000	38,630 fr.
Total		229,880 fr.
Gratifications aux employés ayant moins de 1,800 fr.		3,070
Total pour le personnel		232,950 fr.

VOYAGEURS NATURALISTES.

Indemnités à six voyageurs naturalistes en mission à la Nouvelle-Hollande, au Pérou, en Perse, au Mexique, à la Guyane	25,000 fr.

MATÉRIEL.

Première Section. — *Galeries et Laboratoires.*

Correspondance générale	1,000 fr.
Habillement	3,500
Vélins et dessins	5,000
Affiches des cours, impressions, etc.	1,800
Acquisition d'alcool	3,000
Préparatifs de voyages	2,000
Ports	3,500
Bureau et Salle d'assemblée	800
Bibliothèque	10,000
Entretien des galeries	2,300
A reporter	32,900 fr.

Report		32,900 fr.	
Journée des frotteurs		5,500	
Chimie générale		2,000	
Chimie appliquée		2,000	
Collections de produits chimiques		3,000	
Physique appliquée		3,000	
Anatomie comparée	Laboratoire de préparations	2,500	
	Acquisitions d'objets de Collections	2,400	
Anatomie de l'homme		1,900	
Physiologie comparée		2,100	
Moulage et modelage		1,600	
ZOOLOGIE.			
Mammifères et Oiseaux	Laboratoire de préparations	2,900	
	Acquisitions d'objets de Collections	4,000	
Reptiles et Poissons	Laboratoire de préparations	2,800	
	Acquisitions d'objets de Collections	2,000	
Insectes et Crustacés	Laboratoire de préparations	1,900	
	Acquisitions d'objets de Collections	3,000	
Mollusques et Zoophytes	Laboratoire de préparations	2,700	
	Acquisitions d'objets de Collections	3,700	
Botanique	Laboratoire de préparations	3,800	
	Acquisitions d'objets de Collections	3,000	
Géologie	Laboratoire de préparations	3,000	
	Acquisitions d'objets de Collections	4,000	
Minéralogie		3,000	98,700 fr.

DEUXIÈME SECTION. — *Jardin et Serres.*

Journées d'ouvriers et élèves	32,000 fr.	
Entretien des serres et écoles	1,500	
Terres et tannée	2,000	
Poteries	1,600	
Liens et tuteurs	600	
Abris en osier et en toile	1,600	
Ustensiles, charronnage, etc.	1,300	
Étiquettes peintes et imprimées	300	
Laboratoire des graines	600	
Correspondance	900	
Ports	600	
Achat de plantes vivantes	2,000	45,000 fr.

TROISIÈME SECTION. — *Ménagerie.*

Fourrages et grains	18,000 fr.
Pain	2,000
Viande	11,000
Légumes	2,000
Lait et épiceries	500
A reporter	33,500 fr.

Report	33,500 fr.	
Bourrelerie, maréchalerie, charronnage........................	900	
Salaire des gardiens et ouvriers........................	2,500	
Sable et graine de gazon........................	300	
Ustensiles et entretien........................	1,800	
Achat d'animaux........................	4,000	
Ports........................	2,000	
Ménagerie d'expériences physiologiques........................	1,000	
Ménagerie de reptiles........................	1,000	47,000 fr.

QUATRIÈME SECTION. — *Ateliers et entretien.*

Terrasse et sablage, journées et achats........................	2,700 fr.	
Maçonnerie, id.	1,400	
Menuiserie, id.	6,300	
Serrurerie, id.	3,800	
Vitrerie, peinture, id.	4,400	
Treillagerie, id.	3,800	
Plomberie, grillagerie........................	500	
Poêlerie........................	1,500	
Horlogerie (abonnement)........................	300	
Vidange........................	300	
Dépenses accessoires........................	500	25,500 fr.

CINQUIÈME SECTION. — *Chauffage, éclairage, frais divers.*

Bois........................	11,000 fr.	
Charbon de terre........................	6,000	
Éclairage........................	2.100	
Illuminations........................	500	
Balayage........................	1,400	
Indemnités de logement........................	900	
Garde militaire et portes........................	1,100	23,000 fr.

RÉCAPITULATION.

Personnel........................	232,950 fr.	
Voyageurs naturalistes........................	25,000	
Matériel........................	239,200	497,150 fr.

ARTICLE 3.

L'ordonnancement des sommes demandées par MM. les Professeurs-Administrateurs du Muséum d'Histoire naturelle pour acquitter les dépenses, soit du personnel, soit du matériel de cet établissement, pendant l'année 1847, ne sera autorisé qu'autant que ces sommes devront s'appliquer aux depenses prévues par le budget de cet Exercice, et jusqu'à concurrence seulement de celle qui est affectée à chaque service.

ARTICLE 4.

Les sommes qui deviendront vacantes dans le courant de l'année 1847, sur le crédit alloué pour le personnel du Muséum d'Histoire naturelle, pourront tourner au profit de l'établissement et accroître d'autant les fonds affectés au payement des frais divers; toutefois, il ne pourra en être disposé sans notre autorisation spéciale.

Paris, le 2 mars 1847.

Signé : SALVANDY.

Pour ampliation :

Pour le Chef du Secrétariat,

Le Chef du cabinet,

Marquis D'AUX.

DOCUMENTS H, I.

ANNÉES 1856 et 1857.

Circulaires de convocation concernant le budget de 1856.

H.

Circulaire convoquant la Commission du budget.

5 avril 1856.

MM. Valenciennes, secrétaire; Brongniart, trésorier; Cordier, Geoffroy Saint-Hilaire, Decaisne.

Le Directeur du Muséum a l'honneur de prévenir son Collègue, M. le Professeur d   , Membre de la Commission du budget, que cette Commission se réunira *après-demain lundi 7 avril*, à 11 heures précises, à la salle d'Assemblée.

I.

Circulaire convoquant l'Assemblée.

5 avril 1856.

Le Directeur du Muséum a l'honneur de prévenir son Collègue, M. le Professeur d   , que l'Assemblée *tiendra séance* mardi prochain, 8 avril, et que, dans cette séance, elle aura :

1° A entendre les propositions de la Commission pour le budget de 1856;

2° A prendre une décision sur les affaires dont elle s'est occupée dans ses dernières séances, savoir : relativement au titre d'Aide-Naturaliste; relativement à l'ouverture des galeries le dimanche et les autres jours.

DOCUMENT K.

Pièce témoignant :

1° Que l'Assemblée des Professeurs s'occupe sérieusement du budget;

2° Que la réserve n'est point, comme on pourrait le croire d'après les paroles du Rapporteur (**42**), destinée à payer des dépenses étrangères aux crédits.

Extrait du procès-verbal de la séance du 8 *avril* 1856.

(Tome LII, page 72.)

M. le Directeur et M. le Professeur-Trésorier font connaître à l'Assemblée le résultat du travail de la Commission du budget.

En conséquence de la décision de l'Assemblée, en date du 24 juillet 1855, qui lors de l'ouverture au public de la galerie d'Anthropologie a augmenté de deux hommes le service des galeries d'Anatomie, la Commission propose, sur le crédit du matériel :

1° D'ajouter au crédit du laboratoire d'Anthropologie une somme de 800 francs pour le salaire d'un garçon de laboratoire à la journée, en remplacement d'un garçon appointé passé dans le service des galeries ;

2° D'augmenter d'une égale somme de 800 francs le crédit des journées de frotteurs des galeries d'Anatomie, pour le salaire à la journée d'un second garçon admis dans ce service;

3° D'augmenter de 200 francs le crédit des dépenses matérielles pour l'entretien de ces galeries.

Ces augmentations de crédit, montant ensemble à la somme de 1,800 francs, réduisent la réserve, qui était, pour 1,855, de 9,800 francs, à la somme de 8,000 francs pour 1856.

L'Assemblée adopte ces propositions, et de plus elle décide l'imputation sur la réserve des sommes ci-après :

1° Pour le remboursement des emprunts faits à divers crédits de l'année 1855.	1,870 fr.
2° Pour les dépenses occasionnées par l'ouverture des galeries le dimanche, pendant les quatre premiers mois de l'année 1856.	1,100
3° A titre de supplément au crédit de la Paléontologie. . . .	400
4° Pour la continuation des Catalogues de la Collection de Minéralogie pendant l'année 1856.	300
Total.	3,670
Indépendamment des allocations, l'une de 500 francs, l'autre de 300 francs, déjà faites par décisions de l'Assemblée des 4 décembre 1855 et 18 mars 1856, pour l'exécution des modèles en plâtre destinés à trois musées de l'Australie.	800
Total.	4,470 fr.

Cette somme de 4,470 francs, prise sur la réserve, la réduit donc, pour 1856, à la faible somme de 3,530 francs.

L'Assemblée *décide qu'aucune somme ne sera prise sur cette réserve pour une demande spéciale, tant que les crédits particuliers de la partie ne seront pas épuisés.*

La Commission du budget a pris connaissance des demandes d'augmentation qui lui ont été adressées par plusieurs employés du Muséum. Les crédits du budget n'ayant reçu cette année ni augmentation ni somme disponible sur le personnel, la Commission n'a pu faire aucune proposition au sujet de ces demandes, mais elle prie l'Assemblée de mettre aux premiers rangs pour l'avenir, et dans cet ordre, MM. Guichenot, Stahl, Hélye, Foissy, Hupé, dont les appointements sont très-faibles, les autres demandes restant toujours au dossier de la future Commission du budget.

L'Assemblée accueille favorablement cette demande.

K[1]

Extrait du procès-verbal de la séance du 28 avril 1857.

(Tome LII, page 214.)

Sur la proposition de la Commission du budget, l'Assemblée arrête que la répartition des crédits de l'exercice 1857, qui doit être soumise à l'approbation de M. le Ministre de l'Instruction publique, restera conforme à celle de 1856.

DOCUMENTS L, M.

ANNÉE 1858.

Lettre relative à la convocation des Professeurs pour le budget.

L.

Commission du budget.

(MM. Cordier, Brongniart, Geoffroy Saint-Hilaire, Decaisne.)

Le Directeur du Muséum a l'honneur de prévenir son Collègue, M. que la Commission du budget se réunira dimanche prochain, 24 janvier, à 11 heures.

21 janvier 1858.

Preuve qu'on s'occupe du budget.

M.

Le Directeur du Muséum a l'honneur de prévenir son Collègue, M.
que l'Assemblée tiendra séance demain *mardi*, 26 janvier, et qu'elle aura à entendre dans cette séance le Rapport de la Commission du budget.

25 janvier 1858.

DOCUMENTS N, O, P, Q.

ANNÉE 1858.

Pièces constatant des modifications à apporter au budget.

N.

Extrait du procès-verbal de la séance du 26 janvier 1858.

M. le Professeur-Trésorier expose à l'Assemblée les modifications que la Commission a cru devoir apporter au budget de 1858, et propose l'emploi suivant de la somme de 15,000 francs qui a été accordée (en augmentation) pour cet exercice, savoir :

A la section des galeries et laboratoires.	3,500 fr.
du jardin.	3,100
de la Ménagerie.	6,000
du chauffage, etc.	2,400
Total. . . .	15,000 fr.

Preuve :

1° Qu'on soumet un projet de répartition du crédit alloué au Muséum à l'approbation du Ministre ;

2° Que l'Assemblée des Professeurs n'a jamais négligé d'appeler la bienveillance du Ministre sur les personnes attachées au Muséum.

O.

A Monsieur le Ministre Secrétaire d'État au département de l'Instruction publique.

29 janvier 1858.

MONSIEUR LE MINISTRE,

Nous avons l'honneur de soumettre à l'approbation de Votre Excellence le projet de répartition du crédit alloué au Muséum d'Histoire naturelle pour l'année 1858.

Dans ce projet, une partie importante de l'augmentation de 15,000 francs que le Muséum doit à votre bienveillance est appliquée à l'élévation du salaire des ouvriers journaliers des divers services de l'établissement, et principalement de celui des cultures, pour lequel cette amélioration était le plus urgente. L'augmentation provisoire que l'année dernière, à cause de la cherté des subsistances, vous avez bien voulu nous autoriser, par une allocation spéciale, à donner aux plus inférieurs de ces salaires, pendant l'hiver seulement, deviendrait ainsi permanente, et, de plus, les salaires des meilleurs ouvriers de ce service, dont plusieurs sont des jardiniers habiles et instruits, seraient portés, pour cinq d'entre eux, de 2 fr. 50 à 3 fr., et pour six, de 2 fr. 25 à 2 fr. 50, taux plus en rapport avec la nature de leur travail, quoique bien inférieur encore à ce que nous désirerions qu'il fût possible de leur accorder pour les rémunérer équitablement.

Nous avons cru pouvoir vous proposer de prendre le montant de ces augmentations de salaires et quelques autres que réclamaient divers services du matériel, particulièrement celui de la Bibliothèque, sur le nouveau crédit attribué au service de la Ménagerie, l'abaissement du prix des grains et des autres denrées de consommation nous permettant de penser que les dépenses de cette partie ne seront pas cette année aussi considérables qu'elles l'ont été les années dernières.

Permettez-nous, Monsieur le Ministre, de vous exprimer, en terminant, le vif regret que nous éprouvons de n'avoir à vous présenter aucune proposition du même genre en faveur du personnel du Muséum, si faiblement rétribué, et qui réduit, en 1848 et 1849, de près de 6,000 francs, n'a reçu depuis cette époque aucune augmentation. Nous réclamons, à cet égard, de Votre Excellence son plus bienveillant intérêt.

Nous sommes avec respect, etc.

Pièce produite, de même que les précédentes, comme exemple de la forme dans laquelle a été, chaque année, arrêté et présenté le budget détaillé du Muséum.

P.

État de répartition du crédit alloué au Muséum d'Histoire naturelle pour l'année 1858.

PERSONNEL.

16	Professeurs-Administrateurs à 5,000 fr.	80,000 fr.	
2	Maîtres de dessin à 2,000 fr.	4,000	
2	1 Bibliothécaire, 3,000 fr. et 1 Sous-Bibliothécaire, 2,400 fr.	5,400	
1	Chef de bureau agent spécial	3,500	
3	Gardes des galeries, de 2,700 à 3,000 fr.	8,700	
20	Aides-Naturalistes, de 1,500 à 3,000 fr.	38,400	
20	Préparateurs dans les laboratoires, de 1,000 à 2,000 fr.	27,150	
2	Jardiniers chefs à 2,000 fr.	4,000	
12	Jardiniers sous-chefs de services, de 900 à 1,400 fr.	13,800	
1	Chauffeur de l'appareil des serres	1,200	
1	Commis aux vivres	1,250	
1	Contrôleur des ateliers	2,300	
2	Chefs d'ateliers à 1,900 fr.	3,800	
1	Employé à la Bibliothèque	1,500	
3	Employés au bureau, de 1,200 à 2,300 fr.	4,700	
4	Inspecteurs-Surveillants, de 750 à 800 fr.	3,100	
1	Garçon de la Bibliothèque	1,050	
12	Gardiens-Frotteurs des galeries, de 840 à 1,050 fr.	10,500	
8	Garçons de laboratoires, de 840 à 940 fr.	7,080	
1	Garçon de bureau et de caisse	1,350	
10	Gardiens de la Ménagerie, de 950 à 1,100 fr.	10,330	
3	Portiers, de 930 à 1,200 fr.	3,230	
2	Ouvriers des ateliers, de 840 à 1,200 fr.	2,040	238,380 fr.

VOYAGEURS NATURALISTES.

Indemnités à divers Voyageurs naturalistes et Correspondants en Abyssinie, en Égypte, en Algérie, à Tanger, en Chine, aux Antilles. 25,000 fr.

MATÉRIEL.

PREMIÈRE SECTION. — *Galeries, Laboratoires et Bibliothèque.*

Anatomie comparé	Aquisition d'objets de Collection.	800 fr.	3,300 fr.
	Laboratoire	2,500	
Anthropologie			2,600
Physiologie comparée			1,800
	A reporter		7,700 fr.

Report			7,700 fr.	
Zoologie (Mammifères et Oiseaux)	Acquisitions	1,500	5,300	
	Laboratoire	3,800		
Zoologie (Reptiles et Poissons)	Acquisitions	700	3,500	
	Laboratoire	2,800		
Zoologie (Insectes et Crustacés)	Acquisitions	1,000	2,900	
	Laboratoire	1,960		
Zoologie (Mollusques et Zoophytes)	Acquisitions	1,300	4,000	
	Laboratoire	2,700		
Botanique	Acquisitions	1,000	4,800	
	Laboratoire	3,800		
Paléontologie			1,600	
Géologie	Acquisitions	1,400	3,900	
	Laboratoire	2,500		
Minéralogie			2,800	
Physique appliquée			2,600	
Physique végétale			3,000	
Chimie appliquée aux corps organiques			1,700	
Chimie appliquée aux corps inorganiques			1,700	
Collection de produits chimiques			1,000	
Bibliothèque			8,000	
Collection de vélins et dessins			5,000	
Moulage et modelage			2,000	
Bureau et salle d'assemblée			800	
Correspondance et abonnements			1,000	
Annonces et frais des Cours			1,800	
Alcool			2,000	
Préparatifs de voyages			700	
Ports d'objets de Collections			4,000	
Service et entretien des galeries			1,900	
Journées des frotteurs des galeries			7,500	
Habillement			3,500	84,700 fr.

Deuxième Section. — *Jardin et Serres.*

Journées d'ouvriers et d'élèves jardiniers	39,800 fr.	
Terres et tannées	1,300	
Poteries	1,200	
Achat de Plantes vivantes, Arbres et Arbustes	800	
Ustensiles, outils, charronnage, etc.	1,300	
Abris en osier ou en toile	1,800	
Liens-tuteurs et emballages	800	
Étiquettes peintes et impressions	200	
Laboratoire des graines	600	
Correspondance	1,000	
Ports de plantes vivantes	1,500	
Dépenses diverses	1,200	51,500 fr.

Troisième Section. — *Ménagerie.*

Fourrages et grains	26,000 fr.	
Pain	3,000	
Légumes et vivres divers	4,000	
Viande	11,000	
Salaire des gardiens	3,000	
Achat d'animaux	1,500	
Ports d'animaux	4,000	
Maréchalerie, bourrelerie, ustensiles	1,200	
Dépenses diverses	1,600	
Expériences physiologiques	700	
Ménagerie des Reptiles	700	56,700 fr.

Quatrième Section. — *Ateliers et Entretien.*

Menuiserie, journées d'ouvriers et d'élèves	6,300 fr.	
Serrurerie, id.	3,800	
Vitrerie, peinture, id.	4,400	
Treillagerie, id.	3,800	
Maçonnerie, id.	1,500	
Terrasse et sable, id.	2,700	
Plomberie, ferblanterie, etc	500	
Dépenses diverses	500	23,600 fr.

Cinquième Section. — *Chauffage, Éclairage et Frais divers.*

Bois	10,000 fr.	
Charbon de terre	9,700	
Poêlerie	1,500	
Curage d'égouts	300	
Éclairage extérieur	2,100	
Illuminations	500	
Horlogerie	300	
Indemnités de logement	200	
Garde militaire et portes	600	
Balayage	1,400	26,600 fr.

RÉCAPITULATION.

Personnel	238,380 fr.	506,380 fr.
Voyageurs naturalistes	25,000	
Matériel	243,000	

Paris, le 26 janvier 1858.

Les Professeurs-Administrateurs du Muséum,

CHEVREUL, Directeur. DECAISNE, Secrétaire. BRONGNIART, Trésorier.

Preuve que le budget du Muséum ne devient définitif qu'après l'approbation du Ministre.

Q.

A Messieurs les Professeurs-Administrateurs du Muséum d'Histoire naturelle.

Paris, 13 février 1858.

MESSIEURS,

Vous m'avez proposé, par votre lettre du 29 janvier dernier, de répartir le crédit de 494,780 fr. porté au budget de 1858 pour les services du Muséum d'Histoire naturelle, ainsi qu'il suit :

Personnel.		229,780 fr.
Voyageurs naturalistes.		25,000
Galeries, Laboratoires et Bibliothèque.	81,700	
Jardin et serres.	51,500	
Ménagerie.	56,700	
Ateliers.	23,500	
Chauffage, éclairage et frais divers. .	26,600	240,000
Total égal au crédit porté au chapitre XV. . . .		494,780 fr.

J'ai l'honneur de vous informer que *j'approuve cette répartition ainsi que les dispositions que vous avez prises pour augmenter les salaires des ouvriers de cet établissement.* Je ne perdrai point non plus de vue les observations que vous m'avez soumises relativement à la modicité des traitements du personnel du Muséum, et j'examinerai cette question avec intérêt.

Recevez, Messieurs, l'assurance de ma considération très-distinguée.

Le Ministre de l'Instruction publique et des Cultes,

ROULAND.

DOCUMENT R.

ANNÉE 1862.

Résumé du projet de répartition du crédit alloué au Muséum d'Histoire naturelle, pour l'année 1862, adopté dans la séance du 1er avril 1862, et adressé à S. Exc. le Ministre de l'Instruction publique (avec les mêmes détails que les projets de répartition pour les années précédentes, en 98 groupes ou articles), *le 9 avril 1862, approuvé par lettre de S. Exc. du 31 mai suivant.*

		Personnel.		284,980
		Voyageurs naturalistes.		18,400
Matériel. .	1re Section.	Galeries et Laboratoires. . .	84,700	
	2e Section.	Jardin et Serres.	53,300	
	3e Section.	Ménagerie.	50,000	
	4e Section.	Ateliers et Entretien.	23,500	
	5e Section.	Chauffage, Éclairage, etc. .	30,000	
	6e Section.	Réserve.	7,500	249,000
				552,380

Paris, le 1er avril 1862.

Les Professeurs-Administrateurs du Muséum,

Le Directeur, Le Secrétaire, Le Trésorier,
Signé : E. CHEVREUL. A. DUMÉRIL. AD. BRONGNIART.

DOCUMENTS S, T, V.

Les trois lettres suivantes montrent quelles ont été les véritables causes du déficit de 1858 et tout ce que l'Administration du Muséum a fait pour le prévenir.

S.

ANNÉE 1856.

A Monsieur le Ministre Secrétaire d'État au département de l'Instruction publique.

26 mai 1856.

MONSIEUR LE MINISTRE.

Nous prions Votre Excellence de nous permettre d'appeler de nouveau sa bienveillante attention sur les observations et les demandes que nous avons eu précédemment l'honneur de lui adresser, relativement au rétablissement du crédit du Muséum d'Histoire naturelle au taux auquel il était fixé avant 1848.

Dans les dernières années qui ont précédé cette époque, le budget du Muséum s'était élevé à la somme de 504,000 francs (y compris le crédit spécial de 25,000 francs attribué à l'entretien d'un certain nombre de Voyageurs naturalistes).

Cependant aucune dépense extraordinaire ne pouvait trouver place dans ce budget. Chacune de ses parties avait pour objet un service déterminé, nécessaire, indispensable, et la rigide économie, dont l'Administration du Muséum s'est toujours fait un devoir et un honneur, lui était impérieusement commandée par la nature même des choses.

Le Muséum d'Histoire naturelle, nous ne devons pas perdre une occasion de le redire, n'est pas véritablement un seul établissement; il est la réunion de plusieurs grands établissements divers. Il comprend à la fois un Jardin de Botanique, de naturalisation et de propagation, de vastes pépinières, des serres de tout genre, une Ménagerie nombreuse d'animaux des diverses classes et de tous les climats, une Bibliothèque considérable d'ouvrages spéciaux, la plupart d'un grand prix, un Musée composé de *huit* Collections presque innombrables; enfin il est une École supérieure consacrée non-seulement à l'enseignement, mais encore à l'étude incessante et au progrès de l'universalité des sciences naturelles.

Si Votre Excellence veut bien se faire représenter les projets de répartition du crédit de l'établissement, qui sont soumis chaque année à l'approbation du Ministre de l'Instruction publique, elle pourra voir à quel degré cette complexité extrême fait descendre l'état de division de ce crédit, et quelles sont l'exiguïté et l'insuffisance des ressources attribuées aux divers services auxquels il s'applique.

Le soin de l'Administration du Muséum a toujours été de maintenir chaque partie dans ses limites et d'atténuer, à force de prudence, le trouble que diverses dépenses essentiellement variables viennent fréquemment apporter dans l'équilibre du budget.

Elle y parvenait, quand elle avait à sa disposition des crédits destinés à l'augmentation des Collections de l'établissement, en suspendant l'emploi de ces crédits, en les détournant même absolument de leur destination, lorsque venait à se produire quelque cause extraordinaire de dépense, telle que ces augmentations du prix des denrées de consommation qui entraînent inévitablement les dépenses de la Ménagerie au delà de toute limite, ou que le transport de Collections de plantes ou d'animaux vivants, comme la réception des Yaks en a été récemment un exemple.

Lorsqu'en 1848 et 1849 l'Administration du Muséum fut dans la nécessité d'indiquer elle-même les réductions dont son budget pouvait être susceptible, il était impossible de penser à rien retrancher des crédits consacrés aux salaires, aux travaux et aux frais de tout genre nécessaires à la conservation de tant d'objets, la plupart d'une nature si périssable, qui constituent l'ensemble de l'établissement. Les réductions, qui pour le matériel seulement durent s'élever à 30,000 francs, tombèrent nécessairement sur les seuls crédits dont l'emploi pouvait être considéré comme facultatif, ceux destinés à l'augmentation des diverses Collections, aux travaux nouveaux, aux expériences, et ces crédits, au nombre de vingt, qui réunis s'élevaient à environ 45,000 francs, furent réduits des deux tiers, c'est-à-dire presque annulés (1).

Ces réductions ont donc eu pour résultat d'ôter à l'Administration du Muséum les ressources à l'aide desquelles elle pouvait prévenir des déficit, devenus depuis inévitables, et, en arrêtant le développement graduel et modéré de cette grande institution, de la faire déchoir de la position à laquelle l'avaient élevée tant d'efforts et de persévérance.

C'est ainsi que dans ces trois dernières années nous avons été contraints, par la réunion des diverses causes que nous venons de rappeler, de reporter d'exercice en exercice, après avoir épuisé toute autre ressource, un excédant de dépenses considérable, et, comme le sait Votre Excellence, de refuser absolument les propositions d'acquisition les plus avantageuses et les plus utiles à l'établissement.

La situation du personnel n'est pas moins fâcheuse. Toutes les autorités qui ont eu à s'occuper de ce sujet ont été frappées de l'extrême modicité des traitements de la plupart des employés du Muséum, et Votre Excellence sait encore que nous avons dû faire participer plusieurs de ces employés au supplément de salaire, ou plutôt au secours, que récemment elle nous a autorisés à accorder, à cause de la cherté des subsistances, aux ouvriers les plus nécessiteux.

Nous prions donc instamment Votre Excellence de rétablir le plus tôt possible le crédit du Muséum à un taux qui permette à l'Administration :

1° De vous proposer en faveur des employés inférieurs et ouvriers, des

---

(1) Le crédit pour acquisition d'animaux vivants, par exemple, qui était de 4.000 francs, a été réduit à 1,300 francs

traitements ou des salaires moins disproportionnés à leurs besoins et à leurs services;

2° De subvenir, dans les années de cherté et en cas de charges extraordinaires, à des augmentations de dépense qu'elle ne peut ni restreindre ni éviter, et, dans des circonstances plus favorables, de consacrer des crédits de quelque importance à des acquisitions qui puissent par degré replacer le Muséum au rang qui lui appartient parmi les établissements scientifiques de l'Europe qui peuvent lui être comparés.

T.

ANNÉE 1858.

A Monsieur le Ministre Secrétaire d'État au département de l'Instruction publique.

26 novembre 1858.

MONSIEUR LE MINISTRE,

Nous avons exposé à Votre Excellence, par la lettre que nous lui avons adressée le 26 mai 1856 et par la Note que nous avons eu l'honneur de lui présenter le 19 novembre suivant, la situation dans laquelle se trouve depuis plusieurs années le Muséum d'Histoire naturelle, par suite des réductions de crédits qu'il a subies en 1848 et 1849, et de l'élévation continue du prix des denrées de consommation nécessaires à l'un de ses services.

Lorsque, le 29 janvier dernier, nous avons soumis à Votre Excellence le projet de répartition des crédits alloués à l'établissement pour l'année 1858, nous avions lieu d'espérer que l'équilibre du budget du Muséum, dérangé par cette double cause, allait être bientôt rétabli, en même temps par l'augmentation que vous aviez bien voulu, Monsieur le Ministre, faire porter au crédit de cet exercice, et par l'abaissement de prix des grains et fourrages qui commençait à s'annoncer.

Cet espoir ne s'est pas réalisé. Le prix des grains (avoine) est resté très-élevé, et celui des fourrages, après une baisse légère de peu de durée, est monté rapidement et s'est maintenu depuis à un taux bien supérieur encore aux cours déjà excessifs des dernières années.

Nous mettons ci-joint sous les yeux de Votre Excellence le tableau de ces cours depuis 1850 jusqu'aujourd'hui.

Par l'effet de ces circonstances de véritable force majeure, le service de la

Ménagerie, malgré la réduction des rations des animaux et toutes les mesures d'économie qu'il a été possible de prendre, absorbera la totalité de la réserve de cet exercice et entrainera dans l'ensemble des services du matériel de l'établissement un excédant de dépenses inévitable.

Nous avons l'honneur de prier Votre Excellence de vouloir bien autoriser l'application des résidus ou restes libres que pourront donner les crédits du personnel et des Voyageurs naturalistes, au solde ou du moins à l'atténuation de cet excédant.

V.

ANNÉE 1859.

A Monsieur le Ministre Secrétaire d'État au département de l'Instruction publique.

22 janvier 1859.

MONSIEUR LE MINISTRE,

Votre Excellence a bien voulu, par sa lettre du 10 décembre dernier, nous accorder l'autorisation que nous lui avions demandée le 26 du mois précédent, d'appliquer les restes libres que pourraient donner les crédits du personnel et des Voyageurs naturalistes du Muséum de l'exercice 1858 à l'atténuation de l'excédant de dépenses que nous avions lieu de prévoir dans le service du matériel de cet exercice.

Cette bienveillante décision, dont nous prions Votre Excellence de recevoir de nouveau nos remercîments, a beaucoup amélioré la situation financière du Muséum, si gênée depuis plusieurs années par suite des réductions de crédits que l'établissement a subies en 1848 et 1849, et de l'élévation continue des prix des denrées de consommation nécessaires à l'un de ses services; mais elle ne l'a pas entièrement dégagée.

Nous avons l'honneur d'adresser à Votre Excellence un état résumé de cette situation, duquel résulte un excédant de dépenses montant à 14,635 fr., que des circonstances de force majeure ont rendu inévitable et que toutes les économies possibles n'ont pu contre-balancer.

Cet excédant est formé des excédants de dépenses partiels des services du matériel, du Jardin, de la Ménagerie, des Ateliers, du Chauffage, etc., diminués du montant des excédants de crédits laissés par quelques-uns des services qui composent la section intitulée: Galeries, Laboratoires et Bibliothèque, et des restes libres sur les crédits du personnel et des Voyageurs naturalistes, que Votre Excellence a bien voulu nous autoriser à appliquer à cette atténuation.

L'excédant de dépenses du service du Jardin a été causé par les travaux exécutés dans les terrains de la rue de Buffon, afin de les rendre propres à recevoir les cultures déplacées pour l'établissement des laboratoires de Physique végétale.

L'excédant de dépenses de la Ménagerie a été causé par l'extrême élévation du prix des fourrages, etc., parvenu dès le mois de juin et resté depuis, ainsi que nous l'avons fait connaître à Votre Excellence, par les tableaux joints à notre lettre du 26 novembre dernier, à un taux presque double du taux ordinaire moyen. *Cet excédant aurait été bien plus considérable si on ne s'était efforcé de le restreindre par la réduction des rations des animaux jusqu'à la dernière limite, et par toutes les autres mesures d'économie possibles.*

L'excédant de la section des Ateliers a pour cause la construction de l'observatoire de Météorologie, et le renouvellement urgent de plusieurs des grandes caisses ferrées des arbres de serre tempérée.

Enfin, l'excédant de la section intitulée: Chauffage, Éclairage et Frais divers, a pour cause l'insuffisance du crédit attribué au chauffage des serres, ménageries, laboratoires, amphithéâtres, etc., qui d'année en année nous a obligés à imputer une plus forte partie des provisions communes à deux années sur le second exercice, et a ainsi chargé l'exercice 1858 de la presque totalité des fournitures pour l'hiver 1857-1858, et des deux premiers cinquièmes de celles de l'hiver 1858-1859.

Il nous a paru, Monsieur le Ministre, que ces causes, et principalement la circonstance extraordinaire d'une série d'années de mauvaises récoltes des denrées indispensables à l'un des services de l'établissement, sont de nature à justifier la demande d'un crédit supplémentaire, et, avant de prendre aucune disposition semblable à celles qui, faute d'autre ressources, ont dû être prises relativement aux excédants de dépenses précédents, nous croyons devoir soumettre cette demande à Votre Excellence.

Chevreul, Flourens, Valenciennes, Brongniart, Becquerel, Serres, Milne Edwards, Decaisne, Fremy, Delafosse, Duméril, de Quatrefages, d'Archiac, Daubrée, Blanchard.

PARIS. — IMPRIMERIE DE MALLET-BACHELIER, RUE DE SEINE-SAINT-GERMAIN, 10, PRÈS L'INSTITUT.

www.ingramcontent.com/pod-product-compliance
Ingram Content Group UK Ltd.
Pitfield, Milton Keynes, MK11 3LW, UK
UKHW031856260826
14628UKWH00002B/810

9 782329 014302